漢語語法的社會
與文化功能。

以漢語語法的靈活性為切入點——潘善池 著

［序］

語言研究的文化視野

　　2007 年我到臺東大學語文教育研究所。這兩年可以說是我整個學習生涯到目前為止最具震撼的兩年。我讀了大學四年從來沒有讀過的許多書、搜索了許多大學四年沒有在意過的文獻資料、使用了大學四年從來沒有碰過的圖書館服務，在家用電腦前和圖書館內來回穿梭。這一切要感謝周慶華教授不斷地惠予許多學術靈感以及耳提面命。

　　周教授引導我去認識語言之於文化的整體面貌，讓我知道如何從文化和語言間的各種表面現象去尋求背後的系統脈絡，同時他也為我們這些後輩提供了一個關於文化系統組織的宏觀架構——「文化的五個次系統」。更重要的是，他讓我認識語文教育的「美」，使我在生硬的文書資料中得以更有信心、也更有遠景地反覆閱讀及主動思考。這本《漢語語法的社會與文化功能——以漢語語法的靈活性為切入點》能夠完成，我要由衷感謝周教授。

　　在傳統漢語語法研究及現代漢語語法研究中，常將漢語語法作為分析的對象，歸納出語法規則。而本書以社會語言學及文化語言學的觀點，將漢語語法作為詮釋的對象，使用文化的五個次系統——終極信仰、觀念系統、規範系統、行動系統及表現系統——作

i

為重要的研究方法，並以漢語語法的靈活性為切入點著手進行研究，探討漢語語法中體現社會交際的「社會功能」及體現文化特性的「文化功能」。先以傳統漢語語法及現代漢語語法的研究中歸納出漢語語法的靈活性，此為文化中的行動系統，包括：「高度意合的口語風格」體現在「主觀變換的語詞順序」、「話題先行的補充說明」、「漢字與語法的表義性」等三方面；「富含絃外之音的多義性」體現在「隨意加減的虛詞運用」、「你知我知的詞語簡省與添入」、「同義異構的多重表達」等三方面；「形式與意義的複雜關係」體現在「同構異義的多重解讀」、「無須型態變化的多功能詞語」、「多種涵義的動補結構」等三方面。接著從文化的行動系統上推至規範系統，探討「漢語語法靈活性的社會功能」，以「情境生成的集體性特徵」、「柔化交際的憑藉」、「縮結人情的結構化」、「詩化升級搏造出文人圈」四個體現的項目來分別作闡釋；最後再上推至文化的觀念系統乃至於終極信仰，探討「漢語語法靈活性的文化功能」，以「氣化觀的羅致寄寓」、「圖像思維的具體展現」、「彈性諧美的真實演出」、「規範出位的見證」四個體現的項目來分別作闡釋。文末並提出本書期望對語言研究、語文教學、語文創作傳播等方面能有所著力。

　　謹以此書獻給周教授以及著述期間不斷關心的朋友們，還有我自己！

潘善池　謹誌

2009.06.26

目　次

第一章　緒論

第一節　研究動機與研究目的

在一次「文化語言學」的課堂上，周慶華教授帶領研究生們討論幾位中西方名家對於「老師」這個角色的意見。其中一個論點是中西方在不同的世界觀底下會有不同的思維方式及說話技巧，而在論證的過程中我們以下面(1)(2)兩句話作為分析與討論的語料（按：本論述所用的語料，除了另有註明出處者，其餘均為自己構設或取自課堂對話）：

(1)　Plato is dear to me, but dearer still is truth. (Aristotle，
　　　1982)
　　　吾愛吾師，吾更愛真理。（Aristotle，2001）
(2)　令人心服是吾師。（孔平仲[1]）

如果單從這些句子的語意上來談，可以探究出誰比誰把老師放在眼裡、或是誰根本不把老師當一回事等；而從語境或語用的角度來談，也可以判定出哪個學者說話的對象是誰，或是用來表達什麼

---

[1]　依據蔡振念（2002:74），北宋孔平仲（1082 前後在世）於《朝散集》卷六
　　〈題老杜集〉詩云：「〈七月〉〈鴟鴞〉乃至此，語言閎大復瑰奇。直侔造物
　　並包體，不作諸家細碎詩。吏部徒能歎光焰，翰林何敢望藩籬。獨霸還看
　　有餘味，令人心服是吾師。」

1

樣的意圖等。顯然這兩位學者也對何以為師下了註解：對亞里斯多德來說，真理所在就是師的所在；而對孔平仲來說，令人心服的人才配稱得上是老師。關於這兩個句子在意義上的細微差別不是本研究要探討的重點，在此不多加贅述。

　　我所關心的是這兩個句子在語法結構上的差異。現在簡單地就兩個句子中主語及謂語之間的關係來作比較：先看看 Aristotle 的(1)，這一段話是兩個對等的分句（clause）所構成的複句（compound sentence），以下為了與(2)的單句對照來看，我僅取 Aristotle 這段話的第二個分句「Dearer still is truth.」當作一個單句（simple sentence）來討論。「Dearer still is truth.」是一個倒裝句，主語是「truth」，由動詞「is」和主詞補語（subject complements）「dearer still」所組成的述語因應說話者強調句尾的「truth」而倒裝提前了。因此，倘若將其還原為原本的結構，應為：

(3)　Truth　is　dearer　still.
　　 主語　動詞　主詞補語

　　再看看孔平仲「令人心服是吾師」這一段話，它是一個單句，其主語為「令人心服」，動詞是「是」，「吾師」則為賓語，這個單句沒有如(3)句倒裝的用法，但其省略了某些說話者及聽話者都心知肚明的成分，因為就語意上來說，此句所謂「令人心服」指的是「令人心服的人」，所以將其還原為：

(4)　令人心服（者）　是　　吾師。
　　 主語　　　　　　謂語
　　　　　　　　　　動詞　賓語

2

　　在此就以(3)和(4)兩個句子來作比較。英語句子中遵守嚴格的句法關係，依據王振華（2001:64），英語語法中任何句式都必須有形式上的主語，且必須是名詞或名詞化短語，例如(3)中的「Truth」就是主語，所以在(3)中，不論是倒裝的「Dearer still is truth.」還是還原後的「Truth is dearer still.」，都有一個先驗的主詞「Truth」；此外，英語各句中也都必須要有動詞，且必須要隨人稱、數、時態等的變化而變化，例如(3)中的「is」就是隨著主語「Truth」而變化成第三人稱單數現在式的用法。因此，可以推論，不論是「Dearer still is truth.」或是「Truth is dearer still.」，兩句的動詞都不能少，且兩句都不可能以「dearer still」作為主語，除非它變成了名詞化短語，例如改作「What is dearer still is truth.」，則其中的「What is dearer still」是一個名詞子句，便可作為形式上的主語。

　　但漢語語法就不像英語語法那樣嚴格，呂叔湘認為「漢語語法最大的特點是沒有嚴格意義的型態變化、不搞形式主義」。（引自黃永紅、岳立靜，1996:70）倘若要在此仔細探究漢語語法中沒有嚴格意義型態變化的例子，恐怕太多且龐雜，在此僅以能和(3)句中英語語法嚴格規範的主詞動詞兩個項目來作對比；至於漢語語法中的特性將在後面第三章詳細說明。

　　先以(4)中的主語表現來看，不論是以「令人心服」這樣的動詞短語或是「令人心服者」這樣的名詞短語都可作為主語，並不一定得要以名詞的形式出現才行。

　　再者，以(4)中動詞的表現來看，漢語語法中動詞的使用，只是用作謂語的一種方式，依據劉月華（2001:456）等三位學者在《實用現代漢語語法》中的敘述，「漢語句子的謂語主要由動詞（短語）、

形容詞（短語）充任，而名詞（短語）、主謂短語也可以充任謂語」。
在此就以(4)中的幾個基本語詞延伸舉例如下：

> (5) a. 吾心服吾師。（動詞短語「服吾師」作為主語「吾心」
> 的謂語）
>
> b. 吾師嚴而不厲。（形容詞短語「嚴而不厲」作為主語
> 而「吾師」作謂語）
>
> c. 吾師周大俠。（以名詞短語「周大俠」作為主語「吾
> 師」的謂語）
>
> d. 吾師眾人皆服。（以主謂短語「眾人皆服」作為主語
> 「吾師」的謂語）

　　以上探究主詞與動詞的關係，只是廣大的漢語語法表現中的其
中一個小環節，但由此仍可發現，漢語語法隨著使用者的「意」來
變換句式的特性極為明顯，這也就是所謂「漢語語法的靈活性」。
在此要特別說明的是，所謂「靈活性」並非語法上的專有名詞，其
指涉的是漢語語法規範中相當程度的彈性、柔性、以及靈活的表
現，其相對的概念是英語語法較為硬性、剛性、強制性較高的語法
規範。而這可參考呂叔湘（1986）、黃永紅等（1996）、儲澤祥（1996）、
王虹等（2003）、鄧曉明（2004）等學者的研究成果。

　　像這樣隨「意」來變換句式的例子對漢語使用者來說絕不是特
例，我在國小代課期間曾收集一些學生常用的有趣例子，例如：

> (6) a. 餅乾他吃掉了。（以「餅乾」為主語，「他吃掉了」為
> 主謂式的謂語）

b. 他吃掉了餅乾。（以「他」為主語，「吃掉了餅乾」為動詞短語作謂語）

倘若要換成英語句，總還是得有一個先驗的「He ate the cookies.」，再依照語態將句式變換成「The cookies were ate (by him).」，在英語中這樣硬性規定而刻意變換的思維過程就比漢語的隨意性相對少很多。也就是說，漢語的靈活性相對較高。

至此，英漢兩組句子中語法規範的展現為本研究起了個頭，而在課後使我產生濃厚興趣的是，除了對語法規範的「靈活」與「硬性」相對以外，中西方的人對語句使用的觀念似乎也不一樣。更明確的說是「使用何種句式來表達何種功能」的觀念不一樣，而對於上下文的關係也有著不同的觀念。

在此從(1)(2)更深層的語意來推敲。首先是句子(1)，Aristotle在(1)句中用「to me」把真理的探求鎖定在「說話者本人」的心中（意即和別人無關），因此「dear」和「dearer」的遠近也是以「me」作為基準點。除此之外，語詞間的語法關係和語義的對應也是一對一清楚對應的，例如：補語 1「dear」對應主語 1「Plato」、關係 1「dear」也對應對象 1「Plato」；補語 2「dearer」對應主語 2「truth」、關係 2「dearer」也對應對象 2「truth」。因此可以很明確知道，對Aristotle 個人來說，關係上更為「dearer」的絕對是「truth」而不是「Plato」，因此句子中的語意從語法關係上可輕易推敲。

但孔平仲的(2)這一句在語意上可就迂迴而委婉多了，無法得知所謂「令人心服」到底是否等於「令我心服」？而究竟「令人心服」便是「吾師」嗎？或者仍得要「令我心服」才是「吾師」？倘

若從英語語法前後文須一一相互對應的語法及語義關係來解析的話，實在無法理解。此時便無法純粹從語法關係的分析來解釋語義，而得從語法的功能性來解釋語義。對於漢語文化下的個體來說，集體性的生活是重要的一個思維環節，因此仔細探求一下，可以推估孔平仲這段話隱含的意義是「要當我的老師，首先得令別人信服，別人都信服了，我才考慮是否信服；倘若沒有人讓我信服，那就沒有人能當我的老師了」。這樣的自滿和憤懣是無法純粹從語法關係上推論的，此時便須把社會及文化功能的角度帶進漢語語法裡頭探討。於是這樣一比對起來，漢語語法的特性及其社會文化上的功能對於漢語使用者來說，就有其探討的必要性及重要性；尤其倘若一味以西方思維的語法學來探討漢語使用者的語句，便會產生無法理解的困惑。例如：倘若以英語語法的角度去考慮前後對應不一致的問題，而將(2)硬生生改成「令我心服者是吾師」的話，從語法上看來句子結構及對應關係似乎是完整了，但前述的「集體性思維」便從句子裡完全消失了。

顯然，從西方的形式語言學的角度來看孔平仲的句子，得要透過複雜的還原手段才能得知其義，即便是還原到該有的語法成分都有了，還是無法完全理解這段話所隱含的意思，這重點在於漢語使用者將語義藏在語言形式的背後，而且並不具有完全相對應的關係。

既然中西方的人似乎對語句使用的觀念不一樣，那麼中西方的人經常傾向選用不同的句式來表達相同的意義也是常有的狀況；從另一方面來說，也就表示中西方的人經常在使用相近的句式或語法關係來說話時，兩方所表達的意涵卻大有出入。這裡所謂的意涵，

指的不是語句的表面意義，而是指兩方表達出不同的深層意義，也包含了不同的說話動機以及預期效果等。

　　我在此所關心的是，在西方的異系統相形之下，漢語使用者對於漢語有什麼樣的思維？其思維又帶有什麼樣的社會與文化意涵？要處理這樣的問題，首先當然要從釐清「漢語語法具有什麼樣的特性」這樣的命題來下手，接著才能進一步去討論這樣的語法特性背後所顯示出來的民族特性。因此，我開始著手關注漢語語法的特色、以及漢語語法與文化的關係，也從這方面開始進行相關文獻的搜尋，想知道漢語使用者如何運用語法的變化來表達委婉、迂迴的意義，甚至是否可能背後含有某種觀念支撐著這樣的語法形式變化，而這些語法形式的變化又可為這些漢語使用者帶來什麼樣的特殊功能。

　　王虹與王錦程（2003:46）曾在一篇處理漢譯英的相關文獻〈從漢譯英的贅冗和疏漏問題看漢英語法特徵之差異──漢語語法的柔性之於英語語法的剛性〉中提出下列的看法：

> 一個民族的思維方式是以語法的形式在語言中體現的。那麼，語法存在於哪裡？語法書。不錯，我們學到的語法是語法家總結出來的，是第二性的；而語法的本體存在於本民族的成員心理。因此，兩種語言的語法差異，不只是符號的差異，而且是思維方式的差異。

　　而上述所謂「存在於本民族的成員心理」究竟是什麼？「思維方式」又是什麼？馮杰（1999:40）有更明確的說明：

某一種語言都是由某一種文化編製出來的：語言的構造總是具有一定的文化內涵，語言的使用總要遵循一定的文化規約，語言的「體」和「用」都是一定文化特色的體現。語言作為一種文化現象，隨著文化的發展而發展，文化在語言中保存和傳播並得到深化。語言之間的差異很大程度取決於文化的差異。

因此，所謂「存在於本民族的成員心理」的、以及所謂「思維方式」，更明確的說，其指的便是「文化」。

而當我們提到文化對語言的影響時，另一個與文化息息相關的、無法切割的層面──「社會」也不能不提。石毓智（2004:6）在〈論社會平均值對語法的影響──漢語「有」的程度表達式產生的原因〉中曾提出：

> 語法現象的產生往往是有理據的。我們認為，很多語法規則是現實規律通過人的認知在語言中投影。那些現實生活中常見的、基本的、顯而易見的規律，就有可能通過人們的認知投射到語言中去。「現實」包括客觀世界和人們所生活的社會。人具有社會性，每個人在日常活動中，都會受到這樣那樣的信息的刺激，產生交際欲望。經常作為刺激人們交際欲望的信息表達式就有可能固定下來成為一種語法格式。

申小龍在《中國文化語言學》中思考漢語的文化哲學問題，探討了漢語的「人文性」並將漢語的「文化功能」正式帶出來（引自邢福義，2000:76）；張淑賢（1997）在〈論對外漢語教學與文化滲

透〉中，探討了語言是人類特有用來表達意思、交流思想的、代表一定意義和內容的一組符號系統，而打從一開始便打上了社會印記，賦有一種「社會功能」。兩位學者將語言的「社會功能」和「文化功能」作了描述。在此將其意義延伸，既然漢語語法是語言的其中一種現象，而且具有語言研究中巨大的系統，那麼漢語語法也具有其「社會功能」和「文化功能」。於是，我在本論述中初步決定要研究的範圍是「漢語語法」的特性及其和「社會」及「文化」的關係，希望透過本論述的研究過程來釐清漢語使用者在使用語法來表達時具有什麼樣的社會與文化背景、以及漢語語法具有什麼樣的社會與文化功能，期望能對於漢語語法的特徵在文化的行動系統中上溯到規範系統及觀念系統上分別作社會功能及文化功能的詮釋（關於詮釋的方法將在第二節中作詳細說明），也期望本研究能對於國內語文教學的語感培養、及對外漢語教學上有所助益；此外，也預期本研究成果能對語言學研究視野的更新、語文教學落實的強化、以及語文創作傳播的再開展等方面能有所貢獻。

第二節　研究問題與研究方法

　　本研究在性質上屬於理論建構，以文化語言學領域的方法為主。根據周慶華（2004a:329）在《語文研究法》中對於「理論建構撰寫體例」有如下的敘述：

理論建構，講究創新。大致上從概念的設定開始，經由命題的建立到命題的演繹及其相關條件的配置等程序而完成一套具體系且有創意的論說。

據此，在研究開展之前，須先將本研究中包含的概念、命題及演繹等相關設定釐清。因此，我先廣泛閱讀與漢語語法相關的文獻資料，再開始進行理論建構的設定。

在我搜尋與閱讀相關文獻的過程中，以「漢語語法及其特性」為主軸開始擴展閱讀，在漢語語法特性的相關研究中，由於並沒有一個專有名詞專門用來描述漢語語法的特性，因此我在此是就呂叔湘（1986）於〈漢語句法的靈活性〉中所使用的「靈活性」一詞，然其非語法上的專有名詞，而指涉的是漢語語法規範中相當程度的彈性、柔性、以及靈活的表現，其相對的概念是英語語法較為硬性、剛性、強制性較高的語法規範。

在確定研究的範圍之後，我就開始著手進行理論建構的設定。首先，我先進行理論建構的概念設定。在概念設定時，我將本論述所探討的範圍列舉出來，將第一組概念設定為：「漢語語法」、「漢語語法的靈活性」、「漢語語法的社會功能」、「漢語語法的文化功能」。而在研究的範圍縮小為「漢語語法的靈活性」之後，進而設定第二組概念為：「漢語語法靈活性的功能性」、「漢語語法靈活性的社會功能」、「漢語語法靈活性的文化功能」。

在釐清各概念間的關係之後，接下來進行命題建立的步驟，在本研究中設定了四個命題，分別是：「漢語語法有其靈活性」、「漢語語法的靈活性有其物質功能」、「漢語語法的靈活性有其社會功

能」、「漢語語法的靈活性有其文化功能」，從這四個命題作為理論開展的方向。

而在概念設定與命題建立完成以後，我並對此論述的預期成效作命題上的演繹，而列出了以下三點：「本論述的研究成果可更新語言學研究的視野」、「本論述的研究成果可強化語文教學的落實」、「本論述的研究成果可再開展語文創作的傳播」。

以下就本論述的「概念設立」、「命題建立」及「命題演繹」的發展進程整理成圖 1-2-1 理論架構圖。

根據圖 1-2-1 的架構，從而構成了本論述的基本架構，除了在第一章「緒論」中說明研究動機、研究目的、研究問題、研究方法、研究範圍及其限制以外，從第二章的「文獻探討」開始將本論述理論建構中的概念設定作釐清，分為「漢語語法的靈活性」、「漢語語法的社會功能」、「漢語語法的文化功能」等三個部分分別描述目前文獻的研究成果，並探討其不足待補之處。在文獻探討中我首先使用發生學方法[2]說明目前關於「漢語語法的靈活性」、「漢語語法的功能性」、「漢語語法的社會與文化功能」三方面的文獻各具什麼樣的詮釋及特性、以及其前後相承的研究史脈絡。接著並使用現象主義方法[3]，將「我意識中所存在的研究問題」與文獻中闡述的方式作對照，並釐出這些文獻中的不足之處、以及我可著力之處。

---

[2] 依據周慶華（2004a:51），所謂發生學方法，是透過分析「語文現象」或「以語文形式存在的事物」的發生及其發展過程，來認識該「語文現象」或「以語文形式存在的事物」的規律性的方法。

[3] 依據周慶華（2004a:95），趙雅博指出現象主義的現象觀為「凡是一切出現者，一切顯示於意識者，無論它的方式如何」，更明確的說，凡是顯現於意識中或為意識所及的對象，都稱為「現象」。

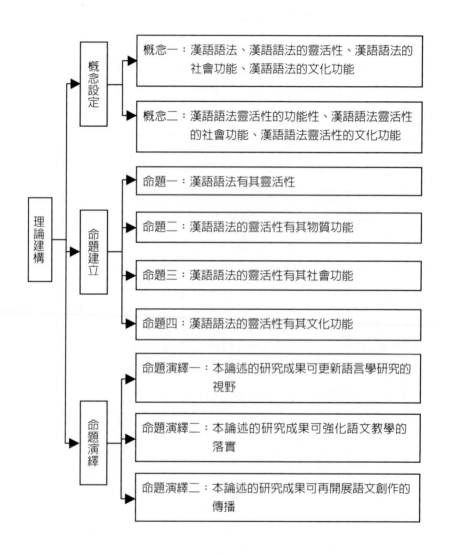

概念設定

概念一：漢語語法、漢語語法的靈活性、漢語語法的社會功能、漢語語法的文化功能

概念二：漢語語法靈活性的功能性、漢語語法靈活性的社會功能、漢語語法靈活性的文化功能

命題建立

命題一：漢語語法有其靈活性

命題二：漢語語法的靈活性有其物質功能

命題三：漢語語法的靈活性有其社會功能

命題四：漢語語法的靈活性有其文化功能

命題演繹

命題演繹一：本論述的研究成果可更新語言學研究的視野

命題演繹二：本論述的研究成果可強化語文教學的落實

命題演繹二：本論述的研究成果可再開展語文創作的傳播

理論建構

圖 1-2-1 「漢語語法的社會與文化功能」理論架構圖

　　而從「理論架構圖」的命題建立中，可以得知本論述所探究的問題有下列四項：

(一) 漢語語法的靈活性是什麼？

(二) 漢語語法既然具有上述特性，則漢語語法具有什麼樣的物質功能？

(三) 漢語語法既然具有上述特性，則漢語語法具有什麼樣的社會功能？

(四) 漢語語法既然具有上述特性，則漢語語法具有什麼樣的文化功能？

此四個命題將分別在第三章至第六章詳為討論。

　　在第三章中，我探討「漢語語法的靈活性」，首先參考第二章的文獻並加入我的意見，並使用現象主義方法將我意識中的「漢語語法的靈活性」整理並描述出來，以「高度意合的口語風格」、「富含絃外之音的多義性」、「形式與意義的複雜關係」三個項目來探討，接著使用詮釋學方法[4]將漢語語語法的靈活性所蘊含的語法意義作闡釋並舉例說明。

　　第四章探討「漢語語法靈活性的功能性」，我先使用結構主義語言學方法[5]說明語法的功能性，接著再以詮釋學方法針對漢語語

---

[4]　依據周慶華（2004a:101），詮釋學方法，是解析「語文現象」或「以語文形式存在的事物」所內蘊的意義的方法。

[5]　依據周慶華（2004a:55-56），結構主義方法，是從整體出發對「語文現象」或「以語文形式存在的事物」進行結構研究的方法。它所認識的對象不是「語文現象」或「以語文形式存在的事物」的表象，而是它的內在結構。結構和所經驗的「語文現象」或「以語文形式存在的事物」這種現實無關，而跟模式有關；它不是所經驗的「語文現象」或「以語文形式存在的事物」

法靈活性闡述其形式及其功能性，並以「特殊的物質結構」、「標異的社會交際運用」、「軟式的體現文化精神」三個項目來說明漢語語法靈活性的功能性。

第五章探討「漢語語法靈活性的社會功能」，我先使用社會學方法[6]來探究漢語語法的靈活性所內蘊的社會背景，並以「情境生成的集體性特徵」、「柔化交際的憑藉」、「縮結人情的結構化」、「詩化升級搏造出文人圈」四個項目來分別闡釋漢語語法靈活性的社會功能；此外，並搭配詮釋學方法，以前述第三章中所描述的漢語語法的靈活性及例句來強化說明。

第六章探討「漢語語法靈活性的文化功能」，我先使用文化學方法[7]來探究漢語語法的靈活性所具有的文化特徵及價值，並以「氣化觀的羅致寄寓」、「圖像思維的具體展現」、「彈性諧美的真實演出」、「規範出位的見證」四個項目來分別闡釋漢語語法靈活性的文化功能；此外，並搭配詮釋學方法，以前述第三章中所描述的漢語語法的靈活性及例句來強化說明。

的本質，而是理性所給予的。

[6] 依據周慶華（2004a:87-89），社會學方法在這裡特指研究「語文現象」或「以語文形式存在的事物」所內蘊的社會背景的方法，它的有效性不是由「觀察」、「調查」、「實驗」等手段來保證，而是靠「解析」的功力及其取證的依據。這種相關「語文現象」或「以語文形式存在的事物」所內蘊的社會背景的解析，大體上有兩個層面：一個是解析「語文現象」或「以語文形式存在的事物」是如何的被社會現實所促成；一個是解析「語文現象」或「以語文形式存在的事物」又是如何的反應了社會現實。

[7] 依據周慶華（2004a:120），文化學方法是評估「語文現象」或「以語文形式存在的事物」所具有的文化特徵（價值）的方法。

此外，要特別說明的是，在第三章到第六章的詮釋之中，我使用文化觀點作為重要的論述結構貫串其中，至於何以使用偏向哲學性思考的文化觀點來貫串本論述的理由，在第一節曾引用過馮杰（1999:40）的看法：

> 某一種語言都是由某一種文化編製出來的：語言的構造總是具有一定的文化內涵，語言的使用總要遵循一定的文化規約，語言的「體」和「用」都是一定文化特色的體現。語言作為一種文化現象，隨著文化的發展而發展，文化在語言中保存和傳播並得到深化。語言之間的差異很大程度取決於文化的差異。

而郭富強（2005:72）也曾有如下的說明：

> 從哲學的層面，對中西方古代語言的哲學思想分析是語言研究的基礎，有利於探討漢語及其思維和英語及其思維的關係，有利於研究語言與思維的聯繫。

因此，我在此以「文化」的角度來貫串對漢語語法及其靈活性的研究，是合情合理的。而關於文化與語言的關係，在此我所採用的是周慶華（1997:4）所敘述：

> 把語言和文化視為同一而彼此的表面分別為文化是語言的別一解釋，主要的理由是文化除了偶爾也被用來指涉人為的器物，它都得以語言形式存在且要能以語言陳述才能算數。因此，文化在不說它是文化時，本身就是語言。而其實，連那些人為的

器物，也都有相應的名稱，當文化也被用來涵蓋它們時，它們依然有個語言形式可被掌握。這樣一來，即使語言和文化不能完全劃上等號，但跟它們的同一性諒必也相去不遠了。

有了「把語言和文化視為同一」的前提，便可以假設說，既然語法是一種語言的現象且可以體現語言，那麼語法也可體現文化，這就是語法的文化功能。

關於文化的定義和層次性，中外有許多學者提出見解，中國文化語言學理論的基本形成約是由 1990 年申小龍的《中國文化語言學》和邢福義主編的《文化語言學》開始：前者正式提出語言具有文化功能，指出文化語言學就是語言的本體科學；後者則提出了文化的三個層次：「物質層次[8]、風俗制度層次[9]、心理層次[10]（邢福義，2000:109）」。而我在此所使用的「文化」一詞，其定義是依據 J. Ladriere 提出並經過沈清松所增補的定義（引自周慶華 1997:74）：

文化是一個歷史性的生活團體——也就是其成員在時間中共同成長發展的團體——表現其創造力的歷程和結果的整體，其中包含了終極信仰[11]、觀念系統[12]、規範系統[13]、表現系統[14]和行動系統[15]。

---

[8] 依據邢福義（2000:109），文化的物質層次指的是「人改造自然界的活動方式及其全部產物」。

[9] 依據邢福義（2000:109），文化的風俗制度層次指的是「人改造社會的活動方式及其全部產物」。

[10] 依據邢福義（2000:109），文化的心裡層次指的是「人改造社會的活動方式及其全部產物」。

[11] 依據周慶華（2004a:124）說明「文化的五個次系統」之內涵，終極信仰指

對照沈清松文化的五個次系統與邢福義文化的三個層次作對比：可發現邢福義所指的物質層次，相當於沈清松的行動系統和表現系統；邢福義所指的風俗制度層次，相當於沈清松的規範系統；而邢福義提出的心理層次，則相當於沈清松的觀念系統。不過沈清松所提出的終極信仰則是邢福義的三種層次中比較受忽略的。為了使論述過程中得到更完整的詮釋，因此在此使用沈清松的這個定義。

　　為了讓文化的五個次系統產生更好的詮釋性的邏輯，周慶華（2007:184）將這五個次系統之間的關係及層次整編成圖 1-2-2[16]：

　　的是一個歷史性的生活團體的成員，由於對人生和世界的究竟意義的終極關懷，而將自己的生命所投向的最後根基。

[12] 依據周慶華（2004a:124）說明「文化的五個次系統」之內涵，觀念系統指的是一個歷史性的生活團體的成員，認識自己和世界的方式，並由此而產生一套認知體系和一套延續並發展它的認知體系的方法。

[13] 依據周慶華（2004a:124）說明「文化的五個次系統」之內涵，規範系統指的是一個歷史性的生活團體的成員，依據它的終極信仰和自己對自身及對世界的了解（即觀念系統）而制定的一套行為規範，如倫理、道德等。

[14] 依據周慶華（2004a:124）說明「文化的五個次系統」之內涵，表現系統指的是用一種感性的方式來表現該團體的終極信仰、觀念系統和規範系統等，因而產生了各種文學和藝術作品。

[15] 依據周慶華（2004a:124）說明「文化的五個次系統」之內涵，行動系統指的是一個歷史性的生活團體的成員，對於自然和人群所採取的開發和管理的全套辦法。

[16] 周慶華（2007:185）針對「文化的五個次系統」進一步說明，在這五個文化次系統中，終極信仰是最優位的，它塑造出了觀念系統，而觀念系統再衍化出了規範系統；至於表現系統和行動系統則分別上承規範系統、觀念系統、終極信仰等，而表現系統和行動系統之間並沒有「誰承誰」的關係，且它們可以「互通」。

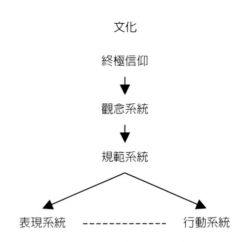

文化

終極信仰

觀念系統

規範系統

表現系統 ----------- 行動系統

圖 1-2-2 「文化的五個次系統」關係圖（資料來源：周慶華，2007:184）

　　依據圖 1-2-2 的「文化的五個次系統」理論來看，漢語是漢語使用者用來說話及溝通的一種語言，而漢語語法則是漢語使用者在成文或不成文的規定之下，用來說話及溝通的一種方式、形式、或辦法，因此屬於「文化的五個次系統」中的「行動系統」。其中「漢語使用者」就說明了一個歷史性的生活團體的成員，而「漢語語法」則是成員們對於人群（指漢語使用者）所採取的管理辦法（指溝通的方式）中的其中一項。這樣從圖中可以知道，以漢語語法作為一種行動系統來研究時，同時可以上溯到規範系統來探討漢語語法的社會功能，也可以再上溯到觀念系統來探討其文化功能。因此，以這個「文化的五個次系統」來貫串本論述時，我將在第三、四章使用行動系統的角度來分析和語語法的靈活性及其功能性，並在第五章及第六章中分別使用「規範系統」及「觀念系統」的角度來談漢語語法靈活性的社會功能與文化功能。

　　而當我從「文化的五個次系統」來詮釋漢語語法的靈活性及其社會文化功能時，也加入漢語使用者所代表的中國文化系統——氣化觀型文化——來作印證及闡述，並酌量加入異系統的語言例證來作對比——在本研究中以創造觀型文化系統下的英語為例；只不過在本論述中，主要探討的是漢語語法特徵及其社會文化功能，因此異系統的語言例證只在必要時作為詮釋上的對照之用，並非本論述的著力重點所在。

　　而要進一步說明的是，在此所使用的「氣化觀型文化」及「創造觀型文化」，是依據周慶華（2007:186）曾依照文化的五個次系統提出「創造觀型文化」、「氣化觀型文化」、「緣起觀型文化」三大文化系統的特色內涵如圖 1-2-3。

　　從圖 1-2-2「文化的五個次系統」及圖 1-2-3「三大文化系統特色」對照看來，在創造觀型、氣化觀型、緣起觀型三文化觀系統之下，其個別系統內的成員在行動系統、表現系統、規範系統、觀念系統、終極信仰等五方面都各有不同的思維及表現，也因此更加說明了以語法作為一種行動系統時，的確可以從文化的角度來探討漢語語法的靈活性之於社會文化的關係及其功能性。這也是我以文化角度來貫串第三章到第六章的原因。

　　而在第三章至第六章鋪展命題的論述完成以後，最後再以第七章將命題演繹的三個項目作探討，就是「本論述的研究成果可更新語言學研究的視野」、「本論述的研究成果可強化語文教學的落實」、「本論述的研究成果可再開展語文創作的傳播」三個部分，分別闡述在第三章到第六章的命題之下可以產生的預期推演。

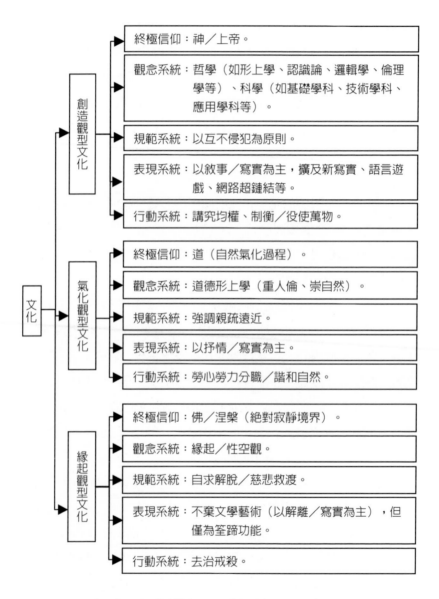

圖 1-2-3 「三大文化系統特色」圖（資料來源：周慶華，2007:186）

第三節　研究範圍及其限制

在上節的研究問題及研究方法中，我已說明了本論述所牽涉到的概念及其論述的方法，而由於各節我所使用的研究方法不同，即便在針對同一命題來探究時，也會各自鎖定不同的研究範圍。因此，我將本論述所涉及的概念，綜合本論述所使用的研究方法，將本論述所及範圍作明確的限定。

首先，先對本論述中所使用的「漢語語法」一詞作範圍限定。一般廣義的語法，與劉月華等三位學者（2001:1）曾在《實用現代漢語語法》中所敘述的內容相符。語法單位應包括語素、詞、短語、句子，所以談論漢語語法時涉及到的內容廣義上應包含漢語的語素、漢語的詞、漢語的短語及漢語的句子。而狹義的語法則專指句子的結構，也就是俗稱的句法。我在本論述中既已設定以漢語語法的靈活性為論述的切入點，而在漢語語法靈活性的表現上以句法變化較為明顯，所以我在此將漢語語法所論及的範圍鎖定在狹義的語法定義──就是所謂句法；除非當談論漢語語法靈活性的其中某個特性會牽涉到語素、詞、或短語時，才會將此三者納入論述的範圍，否則將以句法作為研究及論述的重點所在。此外，本研究所歸納的漢語語法特性，是以廣大的漢語使用族群所普遍認同的特性為主，並且以普通話（國語）為討論項目，相對於英語而將英語視為異系統。但是就算在同樣使用漢語語法底下的社會，仍有族群之分，例如粵語、閩南語、原住民族群等都有各自細微而不同的語法展現；這都是為漢語語法系統內部的差異，比較不關大方向的文化課題，所以此部分不在本論述研究的範圍。

其次，我要對本論述中所使用的「功能」一詞作範圍限定。在此所指的功能，並非系統功能語言學所指涉的、已經專有名詞化的「功能」。依據胡壯麟（2005:43-45）等四位學者在《系統功能語言學概論》中的敘述，系統語法一開始是為了說明語言的組合關係和聚合關係或結構與選擇的問題，因此強調句子成分間的及物性、語氣、主位等功能，即便是後來發展成系統功能語言學，加入了概念功能、人際功能及語篇功能等更為普遍的功能，其所指涉的意涵仍是屬於句子成分間的結構及表情達意的交際功能間的關係。這一部分的解釋牽涉到的理論較多，將在第二章文獻探討中一併辨析解釋。然而，除了語法中的各個成分具有語法功能以外，語法本身更是具有社會功能及文化功能的。我在本章第一節中曾說明，申小龍在《中國文化語言學》中思考漢語的文化哲學問題，提出了語言的文化功能，而張淑賢在〈論對外漢語教學與文化滲透〉中，則探討了語言的社會功能。本論述既然以語法作為人類所呈現出來的一種溝通的行動及辦法，那麼去探究其背後社會文化所代表的意義與用途也就有「深入求知」上的急迫性。因此，在此我要將「社會功能」與「文化功能」兩個語詞在本論述中的意涵作更明確的解釋：語法的社會功能，指的就是反映集體社會趨向的功能，也就是語法用來「體現社會」的功能；而語法的文化功能，指的就是語法對集體文化思維或文化觀的體現，也就是語法用來「體現文化」的功能。因此，除了在第二章的文獻探討及第四章探討功能性之初會少量提及系統功能語言學以外，其餘章節的論述並不等同於功能語言學所指的「功能」的意涵。

　　除了以上針對「漢語語法」及「功能」兩組詞彙作研究範圍的限定以外，接下來要說明我在研究過程中的限制。本論述所徵引及探究的文獻以臺灣及中國大陸地區的語法及漢語研究為主。以漢語使用者而言，此兩地區研究漢語語法的文獻已佔大多數，但是由於中國大陸地區的文獻獲得不易，而臺灣當地以此面向研究的文獻又較少，因此論述引用上如有疏漏，也是在所難免，此為研究過程的第一大限制。

　　此外，在第二節當中已經說明過本論述各章節所使用的研究方法，而依據周慶華在《語文研究法》一書中對所列舉的各項研究方法的介紹，可以看出每種研究方法都有它的侷限，並沒有任何一種研究方法是適用於所有論述的（參見周慶華，2004a:45-118），此為研究過程中的第二大限制。諸如，發生學方法容易淪於「歷史情結」而沒有絕對性可以自我標記；現象主義方法既然是由我的意識出發，那麼則容易成為我經驗的投射；結構主義方法牽涉到的只是符號的形式而忽略了它的內容；而詮釋學方法有時並不是無往不利的可以在文本、作者以及社會歷史脈絡之內獲得證實；社會學方法有時在依賴於不盡完善的觀察力和不盡周全的鑑定工具之下，容易將事實誤判；文化學方法則在人所能意識的層次仍為權力意志所統轄發用而無不可以「變更內容」或「隨意去取」。因此，我在此並不是只使用單一種研究方法來進行論述的鋪展，而儘量以多種研究方法混何搭配來闡釋，以此之長補彼之短，並儘量徵引更多學者的文獻，來補足我一人思維所無法周慮之處，更藉以強化理論建構的周密性，期使我在論述的過程及結果儘量臻於完善。

第二章 文獻探討

第一節 漢語語法的靈活性

漢語語法的研究歷史，從 1898 年馬建忠《馬氏文通》至今一百年多的時間，當時在著作中已經初步注意到漢語動詞、名詞、代詞不像拉丁語那樣富有變化，而且還注意到了漢語主語的省略現象。（引自黃永紅、岳立靜，1996:70）

而漢語語法研究在 1950 年代以前，初從模仿西方語法研究的角度開始發展。較重要的漢語語法研究除了《馬氏文通》以外，尚有黎錦熙、高名凱、及王力等學者。在此針對這三位學者對於漢語語法與西方語法研究作對比所提出的看法作說明。

黎錦熙指出，漢語是各詞孤立的分析語，缺少詞形變化，全靠詞的排列來表達意思，並由此建立了「句本位」的體系，也注意到了形容詞可以作謂語的現象。但其建立在模仿英語語法的基礎上，嚴重忽視句法構造的層次性及漢語語法的特點。（引自黃永紅、岳立靜，1996:70；李向農，1997:28）

高名凱指出漢語言在詞序的安排和利用虛詞方面比印歐語言豐富得多，據此建立了以虛詞和詞序為綱的語法體系。（引自黃永紅、岳立靜，1996:70）

　　王力指出，漢語語法最大的特點有兩個：一個是詞序固定；另一個是虛詞的應用。同時還指出漢語語法結構具有「意合」的特點。王力並進一步說明，就句子結構而言，西洋語言是法治的，中國語言是人治的，法治的不管主語用得著用不著，總要呆板地求句子形式的一律；而人治的用得著就用，用不著就不用，只要能使對話人聽得懂說話人的意思就可以了。（引自黃永紅、岳立靜，1996:70）

　　1950 年代以後，漢語語法走上結構分析法再到變換分析法，諸多學者運用新的語言理論分析漢語，對漢語的詞類（尤其是虛詞）、結構形式（尤其是特有的句法）作分析，並開始從功能或分布等形式特徵入手分析語法單位，並確立了漢語中的五種基本句法結構（主謂結構、動賓結構、補充結構、偏正結構和並列結構），也同時揭示了漢語語法中「同形異構」的現象，而展開了眾多學者對漢語語法特性的研究。1980 年代以後，眾學者紛紛針對「漢語語法的特性」這個命題提出看法，其中提出較重要理論的有呂叔湘、朱德熙、胡裕樹、張斌，及張斌所主編的《現代漢語》。在此先針對上述幾個學者的觀點作一些整理。

　　呂叔湘（1980:7-45）在《現代漢語八百詞》的序論當中發表〈現代漢語語法要點〉，其中分為四點說明漢語語法的特點如下：（一）沒有嚴格的形態變化，例如關於漢語裡詞和非詞的界限、詞類的劃分、詞類的轉變、特別是關於句子結構，在現有的漢語語法著作中有很多分歧；（二）常常省略虛詞；（三）單雙音節對詞語結構有影響，尤其詞語常有「雙音化」傾向；（四）漢字對詞形有所影響。他也說明，漢語裡可以不用人稱代詞的時候就不用，即使因此而顯得句子結構不完整，也不搞形式主義。

　　朱德熙在 1985 年出版的《語法答問》一書中指出，漢語語法最重要的特點有兩個：(一)是漢語詞類跟句法成分之間不存在簡單的一一對應關係；(二)是漢語句子的構造原則跟詞組的構造原則基本上是一致的。他又說明，由於漢語詞類沒有形式上的標記，才造成了漢語詞類多功能的現象和詞組、句子構造上的一致性。（引自王德壽，1998:65-66）

　　胡裕樹、張斌曾在 1988 年《中國大百科全書・語言文字》中指出，漢語和印歐語言的根本差別在於漢語缺少嚴格意義的型態變化，因此產生下列五個特點：(一)語序是漢語裡的重要語法手段；(二)漢語詞類和句法成分的關係錯綜複雜而漢語名詞、動詞、形容詞是多功能的；(三)音節多寡影響語法形式；(四)現代漢語裡簡稱多且有自己的特點；(五)漢語裡有豐富的量詞和語氣詞。（引自王德壽，1998:65-66）

　　稍後，張斌（1988）又在主編的《現代漢語》中補充三點：(一)是漢語的動詞或形容詞用作句子的主語或賓語時和用作謂語時，形式上完全一樣；(二)是漢語句子的謂語裡可用好幾個動詞，而沒有定式和不定式之分；(三)是名詞可以直接修飾動詞。並接著補充道，語序和虛詞是漢語常用的語法手段，短語中的語序比較固定，句子中的語序比較靈活。（引自王德壽，1998:65-66）

　　以上針對漢語語法特性的研究，雖然各學者可能各由不同觀點出發而有所歧見，但基本上對於「漢語語法有其特性且在很多方面不同於印歐語法」這個命題上，學者的看法是一致的。依據王德壽（1998:65）的整理，以上這些傳統的漢語語法研究對漢語語法的看法基本上一致的部分有「沒有或缺少型態」、「詞序十分重要」、「語法關係藉助虛詞表示」等三項。

　　在 1990 年代以前有諸多學者提出漢語語法的特性。以上學者將漢語語法的特性大致上作了一些敘述，並基於形式語言學的角度各自對漢語作了一些說明。但是在此之前的學者僅將漢語語法的特點描述出來，並未使用單一詞彙來統合稱呼漢語的這些特性。

　　呂叔湘在 1986 發表的〈漢語句法的靈活性〉一文中首先使用「靈活性」一詞作為標題來描述漢語語法的特性，並敘述道：「一般常說漢語的句法很靈活，可是在講漢語語法的教科書裡常常只給出多數漢語句子的基本模式，例如：(一)名 a＋動＋名 b；(二)名 a＋（把)名 b＋動；(三)名 b＋（被)名 a＋動；(四)名 a＋是＋名 b；(五)名＋形；外加定語、狀語、補語等等。拿實際語言來核對，就會發現這個印象太片面。漢語句法不光有固定的一面，還有靈活的一面，只是教科書裡往往只談前者，不談或少談後者罷了。」（引自呂叔湘，2002d:458-472）呂叔湘更以「移位」、「省略」、「動補結構的多義性」等漢語句法裡常有的表現來舉例說明漢語的靈活性。所謂「移位」，指的是一個成分離開它平常的位置，出現在另外的位置上；所謂「省略」，指的是意思裡面有某個成分，但是話語裡面不出現；所謂「動補結構的多義性」，指的是一種結構具有多種功能。但呂叔湘也補充說明，這三個特性只是舉例，其中的規律還可以再進一步作探討，漢語句法的靈活性絕不是僅僅表現在這三件事情上。

　　在呂叔湘之後，又有許多學者紛紛以各自的詞彙來描述漢語語法的特性，並對漢語語法的特性提出更多不同於前人或是比前人更詳盡的觀點說明。

　　黃永紅、岳立靜（1996）在〈漢語語法特點與漢民族文化關係的幾點思考〉中綜合前人研究的敘述，將漢語語法的特點整理出兩項：(一)是「意合性」；(二)是「靈活性」。「意合性」表現在漢語的詞、短語和句子的構成中，漢人靠外在的語境將句子內部的語義聯繫起來，從整體上去把握語句；而由於意合的統攝，漢語語法在形式上就簡省多了，在結構上也有了較大的靈活餘地，表現在靈活的構詞方式、靈活的詞類功能、靈活的句法位置、靈活的詞語搭配等。

　　儲澤祥（1996）在〈論漢語規範的彈性〉中，承襲羅常培、呂叔湘對漢語規範的想法，說明漢語語法的規範要有「彈性」，而主要原因是由於語言的交際功能。他更進一步強調，「彈性」就是容忍，不能找一個理由輕易地否定某種語言現象，並以漢語中動賓短語其後的賓語所具有的豐富意涵為例，說明漢語語法的規範，只有從結構特點出發，才能取得理想的效果。但須注意的是，雖然儲澤祥與羅常培、呂叔湘在漢語語法的特點上看法類似，但儲澤祥使用的「彈性」一詞是用來描述漢語語法的規範，而非漢語語法的特性。

　　薛鳳生（1998）在〈試論漢語句式特色與語法分析〉中，除了綜合之前學者們的看法以外，又補充了幾個之前學者尚未提出的看法，綜述如下八點：(一)高度的口語風格；(二)主謂之涵義為話題與說明；(三)語氣詞特別豐富；(四)語法詞（虛詞）常有省略；(五)詞類活用；(六)詞序極為重要；(七)謂語形式不拘一格；(八)「無主句」極為常見。他並在論述中以「語氣詞在漢語句式上的重要性」、「謂語多樣化和無主句」、「漢語被動態和印歐語被動態的不同」、「漢語的動補結構」、「主語為話題」等五個例子加以說明語法分析。

　　王振華（2001）在〈漢語的靈活度〉中，以「靈活度」一詞來描述漢語語法的特性，並以英漢對比提出九點說明：(一)英語有屈折變化，漢語沒有，因此漢語的詞類具有多功能性；(二)英語是以句法為主要基點的語法體系，漢語是以詞組為主要基點的語法體系；(三)就小句（按：單句）而言，英語主謂結構較嚴謹，漢語主謂結構較鬆散；(四)漢語中動賓結構可以作主語，英語必須用非限定形式（按：不定詞）或是轉換為名物化短語；(五)漢語中主謂結構可以作謂語，英語中主謂結構不可以作謂語；(六)漢語裡動補結構較多，這種動補結構在印歐語系沒有對應格式；(七)漢語屬「寫意」語言，英語屬「白描」；(八)漢語的篇章強調意合，英語的篇章強調形和；(九)因為意合和形合的區別，使得漢語的指稱靈活性更大。他更進一步強調，這九點特徵，說明了漢語語言使用起來較自由靈活。

　　安華林（2008）在〈論現代漢語語法的特點〉中，對於漢語語法的特性作下列分析：(一)漢語是分析型語言，缺乏嚴格意義上的型態變化，因而派生出「型態標誌和詞型變化既不豐富也不嚴格」、「語序和虛詞是主要語法手段」、「合成詞、詞組、句子的結構方式基本一致」等三點；(二)漢語是重語用的語言，語法跟語境的關係密切，體現在「話題先行」、「省略、移位」、「一定語境中會出現不合邏輯的句子」三方面；(三)漢語是重韻律的語言，節律對句法結構有制約的作用。安華林的說明，也為目前為止對於漢語語法特性的研究作了一個通盤的整理。

　　以上文章中大致上已經將漢語語法中靈活的特性作一些大致的描述，我在此將這些描述稱為語法的「結構功能」的描述，其所

對應的觀念是語法中的結構分析及簡單的語義、語用關係探討。然而，這些文獻對於語法特性的現象與漢語使用者的社會文化之間的關聯性，要不就是隻字未提或是極少著墨、要不就是提到一些關於文化的零星片段資訊卻沒有加以深入闡述。也就是說，這些文獻中在解釋語法的「社會功能」及「文化功能」的敘述比較缺乏。

　　值得注意的是，近年來有學者採文化語言學的角度，以人文科學的方法來研究漢語語法的特性，如蕭國政、吳振國（1984）認為漢語的一個凸出特點是意合性，漢語詞、短語和句子的構成不注重形式上的標誌，而依靠構成成分之間的意義關聯。申小龍（1991）認為，漢語是一種人文性語言，具有語言單位的「音節純一性」、「涵意發散性」、「分合隨機性」、「組合具象性」、「句讀聲氣性」、「鋪排流動性」、「脈絡事理性」等特點。而申小龍（2001）也在《漢語語法學——寫給 21 世界的第一部漢語語法學》一書中提出，漢語語法具有「以神統形」、「虛實格局」、「彈性實體」、「流動建構」等四個文化特徵，這也是第一個以人文思維而非以西方的語言學思維去思考漢語語法的專書著作。

　　而另外有一部分的學者，提出漢字的形體與音節特性與漢語語法的關係，也是對於漢語語法的靈活特性方面很重要的文獻。例如：林華東（1995b）在〈漢字與漢語語法的關係〉中提出漢字的表義性對漢語語法的意合性產生影響；張建民（2008）則在〈漢字構形的類化和漢語語法的類推〉中提出音讀類推、音變構詞類推、字畫類推和語序類推四種針對漢語語法的類推。

　　以上這些關於漢語語法特性的相關研究，都或多或少描述了一些漢語語法的靈活性，但並非所有的漢語語法特性都指向漢語語法

的靈活性。因此,我綜合以上文獻,提出個人的淺見,將漢語語法的靈活性分成「高度意合的口語風格」、「富含絃外之音的多義性」、「形式與意義的複雜關係」等三大特性,而各自體現在以下各部分:

(一) 高度意合的口語風格:體現在「主觀變換的語詞順序」、「話題先行的補充說明」、「漢字與語法的表義性」等三方面;

(二) 富含絃外之音的多義性:體現在「隨意加減的虛詞運用」、「你知我知的詞語簡省與添入」、「同義異構的多重表達」等三方面;

(三) 形式與意義的複雜關係:體現在「同構異義的多重解讀」、「無須型態變化的多功能詞語」、「多種涵義的動補結構」。

我所歸納出的這三大特性將在第三章中加以說明,在此不多贅言。

而關於漢語語法特性的相關研究,也有一些學者曾作了一些檢討。湯廷池(1989)在〈關於漢語的類型特徵〉中曾對於漢語語法「是否取向於主題」等關於漢語特性的相關研究進行駁斥,並指出這些研究中缺乏經驗證據及過於武斷的缺點。王德壽(1998)在〈漢語語法特點研究述評〉中曾說明,針對漢語語法特點到目前所進行的研究中,浮現了三大問題:其一是太注重於尋找「我有他無」的東西;其二是太過強調對比的方法;其三是目前歸納出來的漢語語法特點其結論缺乏足夠的解釋力。王振華(2001)也提出,過度靈活意味著混亂,對待語言中出現的新現象要寬容些,但寬容是有條件的,必須以民眾接受的語言規則為前提。這些也正是我在此所意

識到的問題所在，尤其是王德壽第三點「目前歸納出來的漢語語法特點其結論缺乏足夠的解釋力」正是道破目前關於漢語語法特性的研究最大的問題。也就是說，在漢語語法的研究領域中，漢語語法具有其靈活的特性已經為學者們所接受，但是其背後的詮釋、更深刻的演繹、以及推論上的邏輯性等，則是目前文化語言學的研究方法上所必須要努力的。

第二節　漢語語法的功能性

在本章第一節中，我曾提過目前對於漢語語法的物質結構的敘述和研究已經有相當的數量，但是在其社會功能與文化功能方面的研究則有些待努力的方向，諸如足夠詮釋的研究方法的提出、或是使用這些研究方法來詮釋漢語語法的特性等，這些都是漢語語法研究中較欠缺的論述。

談到語法的「功能」，首先應從名稱上較接近的「功能語言學」談起。

中國古代沒有「語言學」也沒有「功能」這些學術領域或專有名詞，只有文字學、訓詁學、音韻學和文章學等，沒有嚴格意義上的詞法學和句法學，因為中國人歷來輕抽象的邏輯思維而重具體的實際應用，因而自古以來的語言研究注重的是句子的意義和文章的修辭，所以也就沒有西方所謂的語言學。「語言學」這個名詞引自國外，因此語法上的「功能」一詞，也是源於西方。

　　當今語言學流派林立，依據朱永生、嚴世清、苗興偉在《功能語言學導論》一書中的敘述（2004:1-4），大致可分為兩大學派：一是以 Chomsky 為代表的形式主義學派；另一則是以 Halliday 為代表的功能主義學派。西方的功能主義學派，源於古希臘以 Protagoras 和 Plato 為代表的描寫民俗學派（descriptive-ethnographic）的語言觀，這個學派重視人與社會而不是人與自然界的關係，Protagoras 也是第一個從語義功能的角度把句子分成祈求、疑問、陳述、命令四大功能類別，而 Plato 是第一位把句子結構分成主位（onama）和述位（rhema）兩部分的人。而關於功能語言學中各支派的理論特徵和代表學者，可參見《功能語言學導論》一書，在此不加贅述。

　　但必須一提的是，依據朱永生、顏世清、苗興偉（2004:133-163）在《功能語言學導論》一書中的敘述，功能語言學中，最具代表性的「系統功能學派」對語言的「功能」一詞列出五種涵義：(一)是一般意義上的功能，就是語言的具體運用如祝願、慶祝、批評、表揚、安慰等；(二)是微觀功能，如兒童語言的工具功能、控制功能、交流功能、個體功能、啟發功能、想像功能、告知功能；(三)是宏觀功能，指兒童過渡到成人語言時出現的理性功能及實用功能；(四)是純理功能，指成人語言的概念功能、人際功能及語篇功能；(五)是語法功能，指概念功能、人際功能、及語篇功能在語言中的體現形式。其中「純理功能」是「系統功能學派」主要研究分析的著力所在。

　　1980 年代以後，漢語語法學界引入「功能主義」的研究方法，許多學者紛紛提出了一些研究成果。依據張伯江、方梅（1996:3）在《漢語功能語法研究》中的敘述，功能主義的漢語語法分析主要

研究成果有：名詞性成分的指稱性質對漢語語法結構的決定作用研究、篇章中回指現象及省略現象的追蹤研究、預設有關的句法語義現象研究等。該研究中更進一步說明，這些研究顯示了如下的特點：(一)突破了形式研究中只以內省的句式為研究對象的作法，更多地注意了各種與語言行為有關的因素對話語組織的影響；(二)突破了形式研究中只把注意力集中在類型的異同的作法，而較多地注意實例的多寡所反映出的傾向性的規律；(三)突破了形式研究中把對象看成一個靜態的成品的作法，而較多地當作一個動態過程看待，研究聽說雙方的語言認知策略；(四)突破了形式語法孤立的看待句子甚至單一種結構的作法，而十分重視聯繫語境進行分析。

由系統功能學派對「功能」一詞所下的涵意及對「純理功能」（概念功能、人際功能及語篇功能）的重視、以及漢語語法中使用功能主義的研究成果中，可以想見，功能語言學主要的研究課題是研究人類實際運用的語言，集中在語言用來表情達意的功能上作研究。與第一節所探討過的漢語語法特性相對照，功能主義著重在「表情達意」上來研究漢語，與形式主義比起來是相對適當的（但還不夠）。

申小龍（2002:20）在〈論漢語句型的功能分析〉中闡明，中國古代的語法意識其實一開始就是功能主義的，而非形式主義的，在句法上也是如此。漢語語流中的單位實體，是一種「功能發散」的實體，是能動地體現交際意識的活體，以這種功能實體建構的句子，不在依賴形式的內聚力，而在依托功能的涵攝力。他更進一步指出，漢語句子的脈絡是一種以事理邏輯為基礎的心理（意合）時間流，其成立的要素不是結構形式，而是語氣。因為語氣傳達說話

人的表達意圖，所以在漢語語法中結構並不是自足的，只有表達功能才是自足的，且功能涵蓋了結構。因此，語言結構是趨於某種形式的動力和形式的功能，都是在語言的具體運用中實現的，所以漢語句子的成立要素首先是某種特定的表達功能，然後是與之相適應的不同表意功能段的線性配置格局。因此，他也強調，漢語中把句子看成一個表達功能的單位，以功能斷句、以功能論句，唯有從整體表達功能入手才能把握，這是典型的功能主義傳統。

從以上張伯江、方梅、申小龍三位學者的敘述當中，可以得知「功能主義」在漢語語法意識中悠然已久，但是卻在 1980 年代引進西方的「功能主義」之後才在漢語語法研究中展開研究，然後學者們紛紛注意了各種與語言行為有關的因素對話語組織的影響、也注意到實例的多寡所反映出的傾向性的規律，並把研究對象（就是語法）當作一個動態過程看待、重視聯繫語境進行分析。

而和功能主義所指涉的「功能」有關的領域，還有「社會語言學」、「語用」、「語境」和「交際」等相關概念。這之間的關係，我們可以從郭熙（2006）在〈語境研究與社會語言學——讀王建華等新著《現代漢語語境研究》〉中綜合王建華的觀點提出的看法獲得簡單的解釋。該文章中指出：社會語言學的產生是和交際問題連在一起的，廣義的社會語言學研究語言和社會的關係，注重大語境；狹義的社會語言學從社會的角度研究語言，尤其關注什麼人、在什麼時間、什麼地方、用何種方式、為了何種目的說什麼或寫什麼話的小語境。此外，郭熙也介紹王建華的觀點，將語用學所關注的「語境」涵義擴展又分為「言內語境」、「言伴語境」和「言外語境」三種：言內語境指的是以語言形式存在的語境而受到語言知識規則的

制約；言伴語境則和交際時的時間、地點、場合、話題、事件、目的、情緒等因素有關；言外語境由社會文化語境和認知背景語境構成，並從社會心理、時代環境、思維方式、民族習俗、文化傳統和認知背景等六方面去探討言外環境和言外之意的關係。我在此將其延伸解釋：一般談論交際功能或傳統的語用面向時所指涉的就是王建華所謂的「言伴語境」，而社會語言學也常用交際、語境、語用等概念的角度來思考動因的問題，而這裡對「語境」涵義的擴展，也揭示了社會語言學方法對傳統的語言學研究角度的加深。在傳統及現代漢語的語言學研究當中，形式主義探討了言內語境，功能主義或語用學則探討了言內語境和少部分的言伴語境，語用學注重的「語境」就像功能主義所注重的「功能」一樣，較著重圍繞在社會中的交際功能上作研究，而鮮少甚至沒有從社會文化的角度來探討對語法的影響。但社會語言學方法及文化語言學方法的加入則將語言的各種表現加入了社會文化的意識。

　　對於語用、語境、交際等概念由於不與本論述直接相關，因此暫且擱置，而關於社會文化學的研究留待第三節作探討。

　　回到方才探討的功能主義，從功能主義的視野促使我注意到，在漢語使用的社群中，語境下臨時產生的語句背後應有一些一致性的規則，如第一節中探討眾多學者對漢語語法特性的研究成果，說明了傳統漢語語法中一些難以條列寫出的語法變化的特性，而這些特性於日常溝通時在眾多漢語使用者口中也有其一致性；這些一致性的規則不只是在單一句子或單一句型之下才有探討或研究的意義，它們所代表的正是同一個使用族群對於事物的一致思維傾向，因而體現在單一句子或是單一句型中。這些一致性存在於使用者的

潛在思維中，難以用條列的語法規則寫出，並且不同於形式主義或功能主義所寫下來的「語法」。我的立場與李向農（1997）在〈走向成熟的漢語語法研究〉中的看法一致，他所提出的「語法」一詞，與語法書中的「語法」不完全一樣，他認為語法書中的「語法」是語法家歸納出來的，是第二性的，這裡所謂語法，本體存在於民族或社團成員的心理之中，是第一性的。由於本體語法的存在，沒有讀過漢語語法書因而也說不出什麼語法規則的漢族人，也能說出合乎漢語語法的句子，這是因為人腦好像是一部無比靈敏的計算機，儲存著無數語法規則、指導和制約句子的構造，這些規則的總和就是本體語法。

在第一節所探討過語法特性的相關研究中，眾多學者所提出的漢語語法的特性，其實本質上就是在說明漢語的本體語法。這些學者所提出來的漢語語法特性，說明了漢語語法和印歐語法不同之處，也潛在地表現出漢文化下的思維和印歐其他地區的成員思維不同之處。因此，這些研究成果對於了解漢語的本體語法來說是很重要的，而倘若能對漢語的本體語法作整理及描述，對漢語的研究來說更有其重要性及必要性。

然而，正如本節一開始提到，功能主義所師承 Protagoras 和 Plato 的語言觀，功能主義重視的是「人與社會」，而不是「人與自然界」的關係。也因此，功能主義學派到漢語語法的研究中也是這樣，所重視的是語言在社會中、在人與人之間的交際功能，而鮮少從人類背後的社會性思維來切入研究、更不從人與自然界的關係來切入研究。因此，採用功能主義（或是相對立的形式主義）的研究方法雖然可以歸納出一些語法現象，卻始終無法對這些本體語法的現象作詮釋。

　　朱永生、顏世清、苗興偉（2004:250）也在《功能語言學導論》一書中對功能學派截至目前的研究作了一些檢討：(一)如何反思自己的語言哲學觀？語言是社會現象還是心理現象？語言活動是社會行為還是心理行為或是兩者都有？(二)如何驗證有關語言的各種假說（如三大功能的假說）？(三)如何進一步論證語境與語篇語義結構之間的關係？在語境因素與語義結構之間是否存在一對一的對應關係？(四)銜接與連貫之間到底是什麼關係？如何對那些缺乏連接手段但語義連貫的現象作解釋？三位學者對於功能學派所作的檢討，基本上對漢語語法研究來說都十分重要，並且也是目前使用形式語言學的觀點或功能語言學的觀點，在漢語語法研究中都較以解決的現象，尤其是「如何反思自己的語言哲學觀」、「語境因素與語義結構之間是否存在一對一的對應關係」、「如何對那些缺乏連接手段但語義連貫的現象作解釋」更是完完全全揭示出功能學派（或是相對立的形式主義）在漢語語法研究中目前很難處理的幾個命題。

　　形式主義及功能主義使用的方法為漢語語法研究整理了很詳細的條目，這是漢語語法研究的豐碩成果，尤其到目前為止對於漢語語法特性的歸納有為數不少的研究，這些對於漢語使用者對自身語言的認知來說更為重要。然而，這些語法的條目終究是人類對自身的溝通行為所歸納出來的，它們就像百科全書中的一條條知識一樣，羅列在書中、排列在圖書館藏，倘若要進一步去作詮釋或是企圖以一個通盤的概念來解讀這些散落的條目，恐怕使用形式主義或功能主義的研究方法都還不夠。不論是形式主義或是功能主義，對於漢語語法的研究都緊緊圍繞在語句內部結構及外部交際範圍中

作分析及歸納，因此無法跳出說話者與受話者兩種角色之間的關係，當然也就無法推論至不在場的第三者，更別說是整個使用漢語的族群了。朱永生等三位學者針對功能學派所提出的幾點檢討，最大的重點在於「如何思考」、「如何論證」、「如何解釋」等，但基本上形式主義或功能主義的研究方法都是屬於分析型的方法，而非詮釋型的方法。因此，使用形式主義或功能主義的研究方法，勢必無法對這些疑問作解釋。

此外，功能主義提出的「功能」一詞所指涉的概念功能、人際功能及語篇功能等功能，仍環繞在漢語使用者說話時語句臨時產生的上下文中作推論，它們雖可以獨立於形式主義的語法分析來獨立發展，但仍然需依靠語句本身所使用的字詞來分析，無法跳脫語句本身，這樣的研究限制必然與功能主義對語法的「功能」概念有很大的關係。既然功能主義認為語法的功能只有前面敘述過的五個功能，且多著重在交際的功能以及語法、語篇的功能，那麼研究時無法跳脫語句本身就在所難免。因此，在「功能」一詞的意涵上，也必須要以更廣闊的角度來思考，才能將朱永生等三位學者提過的「如何思考」、「如何論證」、「如何解釋」這樣的課題帶入研究的過程中。

就像本章第一節以及本節所檢討的，目前漢語語法特性的物質結構敘述數量已經很多了，但是在社會功能與文化功能方面，諸如足夠詮釋的研究方法的提出或是使用這些研究方法來研究漢語語法等的論述，目前還非常欠缺。於是在探討漢語語法的特性或其功能時，勢必要在研究方法上作變換，以另一種研究步驟來加入語法研究當中，才能有效地對以上這些問題作詮釋。同時，使用不同的

研究法也代表著應具有該研究法的思維，如要探討語法的社會功能則必須加入社會學（社會語言學）方法；要探討語法的文化功能則必須加入文化學（文化語言學）方法。現代語言學已將社會學的思維納入探討的範圍，但是就像前面所說的著重在交際時的社會與心理運作，如果要將社會文化作更深入的詮釋，則必須將文化學的思維帶入語法研究乃至於漢語研究，這也是目前很重要的研究趨勢。

　　而更需要加以說明的是，我在此所抱持的立場為：漢語語法和世界上其他任何一種語言一樣，具有一些普遍的共性，例如：話語中會有表示主角（的人、事或物）的成分、也會有表示動作或狀態的成分等；但也和世界上其他任何一種語言一樣，具有一些不同於其他語言的語法特性。我不急著否定功能主義或形式主義或其他以西方語言為本位的語言研究方式；相反的，更應該融合這些西方的研究方法，並在適當的研究時機採用適當的研究方法。目前中國部分文化語言學者可能遭抨擊的一大主因是，某些學者在進行文化語言學研究時主張「全面拋棄」西方思維的語言學研究方式，這可能會造成研究方法不完備的缺失。以文化的五個次系統為例，要探討語法的行動系統時，必然要使用到傳統的形式語言學或功能語言學或其他的語言學方法，才得以歸納出這些現象；而探討語法的規範系統的時候，便得要加諸心理學方法或社會學方法；倘若要再往上探求語法的觀念系統或終極信仰的時候，則必定要以文化學的方法來探究。倘若是只高捧一種研究方法，則勢必有所侷限。但是被忽略掉的研究方法，則應該適當提醒，讓各種研究法各司其職，才是語法研究乃至於整個語文研究的終極目標。這也是本論述中使用多

種研究方法並以目前臺灣地區較少研究的文化語言學方法為主的
原因。

第三節　漢語語法的社會與文化功能

　　語言與社會文化之間的關係密切，談到語言與社會的關係時，
必定會將文化納入討論的範圍，而談到文化對語言的影響時，也必
定會牽扯到社會交際的運用。而且在探討語言與社會文化的關係
時，就不僅只用傳統語言學及現代語言學的方法，而應該要加入社
會語言學方法及文化語言學方法。不過這裡要先說明，和語言與社
會文化相關研究中另一個必會觸及的同時也息息相關的領域是心
理學方法，然而它與本論述較無關聯，所以不加以討論，在此僅探
討使用社會語言學或文化語言學的研究方法來探討漢語的語言現
象的文獻。

　　此外，也要先排除那些僅對字詞句作訓詁的文獻，因為它探討
的是某個字詞句的源流與歷時性的變化，並未涉及本論述中所希望
探究的社會文化動因，因此將它排除。

　　由於社會語言學的研究重點在於語言的交際功能及產生的變
異，因此在漢語與社會文化的相關文獻中，為數最多的是探討「社
會文化對漢語研究的重要性」，如：張榕（1995a、1995b）〈漢語研
究的全新視野──中國文化語言學簡介〉；楊啟光（1996）〈認同中
華文化：中國文化語言學方法論之本──兼論漢語十種人文主義研

究法的理論根據和實踐意義〉；蕭國政（1999）〈文化對語法的影響〉；馮杰（1999）〈漢語語法中的文化積澱〉；譚汝為（2000）〈論漢語與民俗文化的關係〉；萬海燕（2001）〈試論漢文化與漢語言的相互關係——兼談中國文化語言學的意義與價值〉；馬樹華（2001）〈論漢語的文化意涵〉；王力（2006）〈淺議觀念文化對漢語語法的影響〉。這類的文獻所研究的對象是整體漢語，因此多在提出漢語中社會文化的視野，並推廣社會文化功能在漢語研究中的重要性，比較少針對漢語的個別現象作描述，就算有列舉一些例子也僅是舉例之用而不具有歸納出現象特性的功能。此外，從這些文章的篇名也可注意到，學者們近期主張文化學觀點運用在語言分析上的重要性，比主張社會學觀點的文獻數量多出很多，這是因為與社會學有關的語用學和功能語言學在現代語言學的分析與研究中已經運作已久，所以社會學對語言研究的重要性已經不證自明，反而是與社會學息息相關的文化學在語言研究的發展晚得多。

　　而在針對漢語的個別現象作研究的文獻中，到目前為止專門針對漢語語法特性與社會文化關係所作的研究較少，大多集中在漢語字詞的研究或是以整體漢語作為研究對象並搭配社會語言學方法或文化語言學方法，但這些研究都不是將重點放在漢語語法特性上作社會文化的詮釋。例如：史燦方（1995）〈漢語修辭美的文化思考〉；吳士民（2002）〈漢語詞的文化義與文化個性〉；湯志祥（2003）〈漢語詞滙的「借用」和「移用」及其深層社會意義〉；尹群（2003）〈論漢語委婉語的時代變異〉；靳琰、袁隴珍（2006）〈淺議漢語性別語言差異成因〉；王金芳（2003）〈試論古漢語詞義引申中的文化意蘊〉；楊曉紅（2007）〈論漢語中的「正反詞」及其文化內涵〉；

張晴（2007）在〈過去十年間漢語消亡名詞的社會語言學分析〉；王文征、王彥昌（2008）〈論漢語詞彙的文化內涵〉；徐小婷、張威（2008）的〈漢語借形詞的歷時發展與社會文化功用〉；范慶芬（2008）〈漢語人名的社會語言學內涵〉；朱琦、卞浩宇（2008）〈舊詞新詞外來詞——從漢語詞滙的發展變化看語言和社會的「共變」關係〉；王春輝（2008）在〈漢語回謝語類型與使用的社會語言學考察〉等。這些研究的共同特性是對漢語的某些語言現象提出社會文化的詮釋，同時也說明了這些語言現象具有體現出社會文化的功能。而這些詮釋中可窺見漢人社會的某些特性，例如：史燦方（1995）說明漢語修辭反映出漢文化中的從眾趨同心態、比附自然而純樸敦厚的美善觀、重視五覺感官的審美觀念、以及直覺性與整體性的思維；靳琰、袁隴珍（2006）則說明了漢語社會中對男女期望的不同表現在口語上；楊曉紅（2007）說明了漢語正反詞的使用體現出漢文化中重視五行、追求成雙成對與真善美的美感、以及先正後反的心理傾向；王金芳（2003）說明了古漢語詞義引申體現出漢文化注重整體性和類比性的思維、其封建宗法的倫理道德觀；范慶芬（2008）說明漢民族忠孝仁義的價值觀、以及反對個人本位注重群體意識的觀念，均對姓名造成影響。我認為，這些文獻中所提出漢民族的共性深深影響了漢民族的語言觀，因此除了造成這些文獻中的詞彙現象以外，也應當在漢語語法中有相當程度的體現。可惜目前文獻比較少以漢語語法（而多從詞彙下手）作為研究對象來探其社會文化功能，這是我認為可以著力之處，而這些文獻也對本研究深具參考價值。

　　此外，要特別提的是王春輝（2008）〈漢語回謝語類型與使用的社會語言學考察〉，他採用社會語言學中實地調查的研究方法，考察回謝語的使用情形，發現現代漢語回謝語的多種變異形式的使用狀況與職業、性別、年齡等社會因素之間有著規則性的對應。前面的文獻在使用社會語言學方法時，多針對造成某種語言現象的社會動因進行描述，鮮少人使用實地調查的方式；姑且不論該研究中所使用的「非隨機調查法」信效度問題，至少這是目前文獻中較少採用的方法，也值得一試。而王春輝在該文中也指出，語言變異是社會語言學的核心概念和最主要的研究對象，它體現在語言系統內部的各個層面甚至是較大的語言結構方面，除了語音、音系、型態、詞彙等方面得以體現以外，在句法上也得以體現。

　　而在專門針對語法特點來作社會文化功能研究的文獻當中為數非常少，目前掌握的僅有黃永紅、岳立靜（1996）〈漢語語法特點與漢民族文化關係的幾點思考〉及石毓智（2004）〈論社會平均值對語法的影響——漢語「有」的程度表達式產生的原因〉兩篇：前者綜合前人研究的敘述，將漢語語法的特點整理出「意合性」和「靈活性」兩項特性，各別表現在漢語的詞、短語、句子構成、構辭方式、靈活的詞類功能、靈活的句法位置、靈活的詞語搭配等；後者則以漢語「有」的用法為例說明社會因素會影響到語法標記的產生和語法格式的形成。但是這兩份研究雖然以漢語語法作為研究對象去探討其社會文化關係，其所提出社會文化層面的詮釋卻遠不及前述針對字詞研究所提出的漢民族特型來得深入，是為可惜之處。此外，申小龍（2001）以專書《漢語語法學——一種文化的結構分析》來解析漢語語法的文化特徵，也提出從語序、語氣、語義、

句讀等方面來研究漢語語法的方法。這是第一本以文化角度來探討漢語語法的專書，它站在人文性的思維的角度而使用語言學的方法來探討漢語語法，與本論述中使用文化學與社會學的方法有所不同，但這本書的出版標誌了社會文化對漢語語法的重要性。

另外，有一部分的研究是針對英漢的某些詞彙現象、以及少部分針對語法作對比並提出社會文化差異的詮釋，如：李其曙（1998）〈漢語和英語表達差異的社會語言學分析〉；英力（1999）〈英漢語詞滙文化內涵的對比研析〉；陳榮歆、葉燕妮（2000）〈英、漢語研文化中的禮貌套語〉；田海龍（2001）〈英漢語「WE／我們」的人際功能與文化差異〉；阮玉慧（2002）〈從英漢語的發展看語言與社會的關係〉；梁志剛（2003）〈從英語漢語的變化看語言演化的社會文化背景〉；衡孝軍（2003）〈從社會符號學翻譯法看漢語成語英譯過程中的功能對等〉；王虹、王錦程（2003）〈從漢譯英的贅冗和疏漏問題看和英語法特徵之差異──漢語語法的柔性之於英語語法的剛性〉；郭富強（2005）〈中西方語言哲學對比分析及其啟示〉；馮智強（2008）〈英漢語法本質異同的哲學思考〉等。這些研究的共同特性是提出例證說明不同語言間對於同一類的語言現象會有不同的表現特徵。還有或多或少也提及不同國家或民族的自然環境、文化傳統、社會歷史、思維方式、風土人情等文化差異會造成語言現象的差異，例如：李其曙（1998）在〈漢語和英語表達差異的社會語言學分析〉中融合 J. A. Fisherman 對社會語言學定義的「社會語言學考察人類行為的『語言使用』與『社會行為』之間的互動關係」觀點，採比較語言學的方式來進行研究，提出英語受到古英語、拉丁文、斯堪的那維亞諸語言、法語、希臘語等多種民族語言

的影響，對比之下的漢語文字體系相對固定，因此造成兩種語言不同的文化特徵。並以兩系統的家族稱謂與官銜名稱為例作對比提出中國是以家庭及宗族組成的社會而英語民族是以個人為社會生活中心。王虹與王錦程（2003）在〈從漢譯英的贅冗和疏漏問題看和英語法特徵之差異——漢語語法的柔性之於英語語法的剛性〉中則引用了王力的觀點，再次提出漢民族化整為零的重意合的特徵；並以「柔性（flexibility）」一詞來描述漢語語法的特性，及以「剛性（rigidity）」來描述英語語法；同時也說明英語的語詞在形式和長度上都比較固定，缺乏伸縮性，而漢語卻有很大的彈性，漢語的詞常常可以擴展，顯示漢語極富伸縮的柔性與英語的剛性，而這種語法差異導致了漢語的平衡原則[1]與英語的經濟原則[2]。而馮智強（2008）在〈英漢語法本質異同的哲學思考〉中說明，英語語法觀的核心是普遍的、唯理的、規定的，而漢語語法觀是以語義為指歸，此外中西方思維也具有差異，西方則是推理式的三段論，中國人的思維方式是直覺性的，表現為隱喻式的兩點論，關注的是事物間的多種多樣的聯繫，而不只是外延上的種屬關係。可惜這些文獻對於進一步去詮釋「哪些社會文化的觀念」造成「哪種語言觀」，進而造成「哪些不同的語言現象」等的解釋著墨較少。此外，這些研究也不是針對語法來討論，而多從字詞彙下手。

---

[1]　依據王虹、王錦程（2003:47），平衡原則指透過並列的語言結構和重複的語義，達到音韻上的和諧之美，取得修辭上的平衡效果。

[2]　依據王虹、王錦程（2003:47），經濟原則指透過儘量簡單的語言結構，表明清楚的語義，取得簡練的效果。

這裡要特別提出郭富強（2005）〈中西方語言哲學對比分析及其啟示〉的研究，他說明語言是世界觀及民族精神的反映。漢民族重悟性、重整體思維、形象思維和直觀經驗等，反映出漢語為語義性（意合），語法是隱性和柔性的特色；而西方人重理性、重分析、重形式論證、重形式完備等，反映出英語為型態性（形合），語法是顯性和剛性。此外，他也提出西方宗教和哲學的語言觀是創世的，旨在創造世界，偏愛語言行為，更相信其創造力；中國的語言哲學觀受儒家文化影響較深，是治世的，旨在透過治世達到和合，奉行中庸之道，為實踐論的語言觀。郭富強將中西方的民族特性如何反映在中西方的語言觀上作了比其他文獻更詳細的詮釋和推測，甚至提出了西方語言觀的終極信仰，是研究語言現象中很深刻的切入點。

在第二章的尾處，我將這三節中所作的文獻探討作一個檢討，綜觀這些漢語語法特性與社會文化的相關研究中，可以發現幾個問題：

(一) 以往探討漢語語法的文獻——尤其在臺灣地區，較著重在傳統語言學及現代語言學方法對語法現象的描述和分析，較少談論其社會與文化功能；而探討語言與社會文化關係的研究中，多探討字詞與社會文化的源流和訓詁，較少從語法層面切入研究。

(二) 就算探討語法的社會與文化方面的動因，目前的文獻仍多在探討言伴語境，而較少談及言外語境〔參見本章第二節提過的郭熙（2006）文獻〕。

(三) 就算從言外語境切入談論語法與社會文化的關係，觀點所
　　 涵蓋的廣度是夠了，但是其使用的詮釋方法不夠深入、層
　　 次不夠嚴謹。

　　因此，我將第一章所說明過的研究方法，與這一章節的文獻探
討作一個連結性的說明：在此使用經過 J. Ladriere、沈清松提出、
周慶華將其結構化的「文化的五個次系統」，作為研究方法中詮釋
的結構（參見第一章第二節），將漢語語法的靈活性視為漢民族集
體運作的行動系統並作為研究對象，搭配社會學方法上溯到規範系
統探討其社會上的動因並著重在言外語境，再用文化學方法上探觀
念系統探討文化上的動因同樣的也著重言外語境，最後再上推終極
信仰；並且在需要時適時使用社會學方法及文化學方法常用的對比
法（在本論述中以漢語和英語作對比）來解釋。由於本論述的性質
屬於理論建構，因此不採用實地考察的研究方式[3]，也希望在此透
過層層推論及分析詮釋，解決以上我所觀察到的三個問題。

---

[3]　依據邢福義（2000:26），文化語言學的方法有三種：「實地參與考察法」是
　　獲取材料或科研依據的方法，「共層背景比較法」和「整合外因分析法」則
　　是建立理論的方法。在此所使用的是後兩種方法，以切合本論述的性質。

第三章　漢語語法的靈活性

　　我在第二章第一節探討漢語語法特性的相關文獻時，曾針對以往的學者的研究作歸納，將漢語語法的靈活性分成「高度意合的口語風格」、「富含絃外之音的多義性」、「形式與意義的複雜關係」等三大特性，在這個章節中，便以這三個項目作為小節分別作探討，說明這三大特性各體現在漢語語法的哪些語法現象中。

　　不過，不同於第二章先進們使用的語言學方法，本論述的定位在文化語言學，故採用文化學方法。因此在本章中，將漢語語法的靈活性視為一種語言現象，放在行動系統來「描述」（參見第一章第二節及圖1-2-2）。因此，在此將漢語語法的靈活性用舉例的方式描述並呈現出來，而非使用語言學的方式來「分析」，這些例句的結構都還可以使用語言學方式進一步作更複雜的探究。

　　此外，要特別說明的是，本章三節中針對漢語語法靈活性所提出的九個項目，謹是為了方便論述所作的分類。由於漢語語法的特性在「靈活」，因此九個漢語語法特性的項目之間具有高度相關，彼此也常互相搭配使用，絕非一定得按照本論述所作的分類來理解。

第一節　高度意合的口語風格

　　錢基博曾在《國文法研究》中說道「我國文章尤有不同於歐美者，蓋歐美重形式而我國文章重精神也」（引自申小龍，2001:3），張裕釗也在《答吳摯甫書》中說明漢語「文以意為主，而辭欲能副其意，氣欲能舉其辭」（引自楊啟光 1994:130）。皆說明了漢語對語文的概念重精神、以意念為主，這種語言觀也呈現在漢語語法的靈活性中。這也就是楊啟光（1994:130）所說的「神攝」，意思是漢語使用者以內在精神去涵蓋所有的語法形式。

　　在本節當中，分為三個項目來描述漢語語法中高度意合的口語風格：分別是「主觀移位的詞序變化」、「話題先行的補充說明」、「漢字與語法的表義性」。這三個項目體現出漢語中以說話者的「意思」作為語法變化的依歸。由於漢語使用者認為「意思」比語法的形式重要，因此才使漢語語法呈現靈活的特性。

一、主觀變換的語詞順序

　　語詞順序是漢語用來表達意義時很重要的運作手段，其運作的主要概念在於「修飾語必需置於被修飾語（中心語）之前」。（薛鳳生，1998:69）試看下面幾個例子：

　　　(7) a. 咱們語教所的學生不怕操。

　　　　　b. 咱們語教所的學生操不怕。

　　　　　c. 咱們語教所的學生怕不操。

這個例子中使用「不」、「怕」、「操」，三個語詞構成不同順序的結構，表達不同的意思。除了語詞的順序可以構成不同意思以外，漢語語法中的語法成分，也能透過語序排列的不同而產生不同意義，看看下面這兩個句子：

(8) a. 我們走在臺東舊站的鐵軌上。

　　b. 我們在臺東舊站的鐵軌上走著。

這兩個例子中的謂語是由「在臺東舊站的鐵軌上」以及「走／走著」這兩組短語組成，顯然兩個句子由於語序不同，造成所強調的重點不盡相同。我認為(8a)中說話者主觀強調的是「走的地方」，而(8b)則強調「在鐵道上做什麼」。

由(7)和(8)兩個例子可看到詞序和語序[1]對漢語語法表達的重要性，說話者可主觀隨意（而非任意）去使用相同的語詞來排列出不同的語意。隨意和任意的差別在於：前者是「說話者想要表達什麼意思，就使用什麼形式」；後者是「說話者想用什麼形式，就用什麼形式」。此外，語詞順序得以主觀隨意變換，並不代表「任意變換」，也就是說，說話者隨著自己想表達的意念去選擇形式，就像(8)中兩個句子為了實現說話者想要的語序因而加上了「在」和「著」這樣的功能詞輔助，但絕不會讓形式凌駕在意念之上。

安華林（2008:99）曾說明「由於漢語（按：詞彙）型態變化不豐富，因此詞在構成句法結構時，主要靠語序和虛詞，語序不同，

---

[1] 依據习世蘭（2008:77），「語序」指的是主、謂、賓、定、狀、補等句子成分的排列順序，是一種「成分序」，而不是組成句子的各語詞的排列順序（即「詞序」）。

所構成結構和意義就可能不同」；相對於英語由於詞性區分嚴謹而必須在句子中作不同功能使用時變換成不同形式，漢語語法在此方面較靈活。但不論是漢語型態變化不豐富的現象或是語序隨說話者意念排列的現象，都體現出漢語語法中重視說話者主觀的意思表達，而較不重視固定形式的口語風格。

二、話題先行的補充說明

前面說過漢語中由於詞彙的型態變化不豐富，因此依賴語序（及虛詞）來表達意義。但是漢語語法也不能說是沒有固定語序，依據刁世蘭（2008:77）綜合前人研究的說明，現代漢語的基本語序是「主語＋謂語」；薛鳳生（1998:67）早就提出，漢語語法中的「主語＋謂語」的涵義其實是「話題＋說明」。也就是說，不同於英語中的主語必須是一個「名詞性短語」、謂語必須是一個「動詞性短語」的物質概念，漢語中主語及謂語分別是「話題」與「說明」的意義概念。看看下面這幾個例子：

(9) 我們班導換余老師了！（「我們班導師」為話題，「換余老師了」為說明。）

(10) 張老師書也不會教。（「張老師」為話題，「書也不會教」為說明。）

(11) 六年甲班牛頭班。（「六年甲班」為話題，「牛頭班」為說明。）

(12) 晚餐時間我吃個痛快。（「晚餐時間」為話題，「我吃個痛快」為說明。）

　　從這幾個句子中很難說出哪一個語詞是主語、哪個語詞是動詞，也很難判別出哪個語詞是施事者、哪個語詞是受事者，這是因為漢語使用者對漢語語法使用上並不是抱持著名詞動詞或施事受事等的物質結構觀念，而是如前所述採用話題與說明的意義性的概念所致，這個語法現象同樣也說明了漢語語法的使用中以說話者的「意思」作為語法變化的依歸，並以「意思」來臨活運用語法。

三、漢字與語法的表義性

　　漢字最大的特性在於「表義」，林華東（1995b）曾提出漢字的三維結構，說明「漢字是為表意文字用來直接記義」，並用下列這張圖圖 3-1-1 作解釋：

（虛線表示間接性）

圖 3-1-1　「漢字的三維結構」圖（資料來源：林華東，1995b:22）

　　林華東並說明，「漢字最大的特點，是以形表音、又以形表義，但音和義是透過形體建立起間接的關係」。雖然漢字的音具有判義的功能，但音和義並不是一對一的對應關係（例如翻開字典查詢「ㄏㄢˋ」這個音就至少收錄了二十個以上的形體，即便是「ㄏㄢˋㄗˋ」也不一定就代表「漢字」，也可能是「汗漬」），因此漢字的語音和語義仍得要靠字形來連接起來。林華東也在該文中指出「漢

人的思維注重整體性，漢字的塊狀整體認知適應了漢語語法的整體認知特徵」，也就是說，漢字既然以整個形體來表音及表義，那麼以漢字為基礎所發展的詞法和句法等，便不得不受到漢字特性的影響。例如：漢字的表義性會促使漢語語法也趨向表義性，而漢字的單音節特性也會影響到漢語語法與修辭的韻律表達。

　　漢語語法以表義功能的整體性作為構句時的思維，而漢字正好作為一種良好的工具，來支持這種意合性的思維，使得漢語語法的靈活性得以發揚。

第二節　富含絃外之音的多義性

　　王力曾在《王力文集第一卷・中國語法理論》中說明「西洋語言是法治的，中國語言是人治的。法治的不管主語用得著用不著，總要呆板地要求句子形式的一律；人治的用得著就用，用不著就不用，只要能使聽話人聽得懂說話人的意思就算了」（引自楊啟光，1994:135），這段話說明了漢語使用者在說話時，以說話者好說、聽話者能懂為依歸，充分說明了在漢語語言觀中，說話者的意念影響了語言的形式。這也就是楊啟光（1994:130）所說的「人治」，意思是漢語使用者以表達意念的功能去取捨語法形式的採用。

　　在展開本節的論述之前，先來看看下面這個在國小教室裡面發生的真實對話情境：

(13) 鏡寶帶了一包餅乾來學校，那是她去臺北阿姨家玩的時候，在 Costco 買的外國餅乾，因此被它視為寶物。第一節下課時間，她將餅乾放在抽屜裡，雖然裡面只剩下兩片，但是她小心翼翼地藏起來，不讓別人看到。第二節鐘聲一打，上課時，她回到座位，馬上拿出餅乾瞧瞧，這下不得了……

她說：「餅乾被吃掉了！」

李玟轉頭過來小聲告訴她：「駿吃掉了……」

子駿聽到了集著反駁說：「哪有？」

李玟回答：「我只說駿，又沒有說是你。說不定是駿瑋吃的阿！」

子駿又說：「不就是說我嗎？不然還誰？」

李玟這時大聲說：「如果我說『餅乾子駿吃掉了』，那才是在說你！」

子駿這時尷尬地看著鏡寶。

李玟刻意更大聲地說：「餅乾被李子駿吃掉了啦，真的！」

正當鏡寶質問起子駿的時候，子駿回答：「餅乾吃掉啦！」

這時導師正走進教室，聽見他們的爭執，問道：「子駿吃了餅乾囉？」

鏡寶生氣地補充道：「對啦！李子駿把我的餅乾吃掉了啦！」

李玟又火上添油地說：「對，子駿他吃掉了餅乾！」

　　導師轉頭問子駿:「那子駿有吃了餅乾?」

　　子駿摸摸自己的頭,小聲回答:「對,吃餅乾耶!」

　　說完,子駿不好意思的笑了⋯⋯

　　從這段教室裡的對話裡面,我們注意到某些看似相同卻又有些細微不同的句子,在此將它們列舉出來:

(14) a. 餅乾被吃掉了。

　　　b. 駿吃掉了。

　　　c. 餅乾子駿吃掉了。

　　　d. 餅乾被李子駿吃掉了。

　　　e. 餅乾吃掉啦!

　　　f. 子駿吃了餅乾囉?

　　　g. 李子駿把我的餅乾吃掉了啦!

　　　h. 子駿他吃掉了餅乾。

　　　i. 那子駿有吃了餅乾?

　　　j. 吃餅乾耶!

　　(14)中有九個具相同語詞的句子,用來描述同一件事情,但由於每一句都含有不一樣的成分,因此也具有不同的語用意義。

　　在這一章中,就以(13)的語境和(14)所列舉出來的例子,來探討漢語中經常使用的「絃外之音」的現象。這些句子雖然具有相同的語詞,卻使用不同的語法結構表達出大不相同的意涵。這些絃外之音的多義現象,也呈現出漢語在具有語境的狀況下,表現出語法

的靈活性。在此分為「隨意加減的虛詞運用」、「你知我知的簡省詞語」、「同義異構的多重表達」三個項目來作探討。

一、隨意加減的虛詞運用

我在第一節曾引用安華林（2008:99）的說明「由於漢語（按：詞彙）型態變化不豐富，因此詞在構成句法結構時，主要靠語序和虛詞，語序不同，所構成結構和意義就可能不同」，在(14)的例句中，可以同時觀察到「語序」和「虛詞」兩個特性在漢語語法中的用處。詞序和語序的不同造成意義上的不同，這在上一節已經提過了，這裡要來看的是虛詞在漢語裡面的用處。依據陳利麗（2006:100）：「《馬氏文通》中第一次將漢語所有的詞從語法意義上分為實字和虛字兩大類，並解釋道：虛字即『無解而惟以助實字之情態者』，按位置和功用又分為介字、連字、助字、嘆字四類。」《馬氏文通》中所指的虛字，就是現代漢語裡頭的虛詞。

在(14)的例子中，各個句子均加入了一些虛詞，如：(14a)(14b)(14c)(14d)(14f)(14g)(14h)(14i)的「了」；(14f)的「囉」；(14i)的「那／那麼」；(14j)的「耶」；(14e)(14g)的「啦」等這些都是定義下典型的虛詞。還有一部分從實詞虛化到語法化[2]的語詞，如：(14a)(14d)的「被」；(14g)的「把」；以及(14a)(14b)(14c)(14d)(14e)(14h)

---

[2] 依據向明友、黃立鶴（2008），「實詞虛化」不等同於「語法化」：語法化關注詞彙或結構，甚至也關注語用法如何演變為語法形式；而「實詞虛化」是訓詁學術語，主要針對語義而言，包括詞義消失而產生語法意義、語義抽象化、泛化、弱化等。

中的「掉」。另外還有一個實詞虛化但尚未完全語法化並且只在口語中才會用到的(14i)中的「有」，這是在特定語境中用來強調事件真實性的用法。

　　單從(14)中各句的語義結構關係來看，我們知道施事者是「子駿」，動作是「吃」，受事者是「餅乾」。但是真正語用上的意義不像語義結構那麼單純，從(14)中的各個例子可以察覺到由於不同虛詞的加入所產生的不同語義，例如：「被」所產生的被動意義；「把」所起的強調受事者的意義；以及在(14g)特定語境中「啦」所起的抱怨的意味；在(14e)的特定語境中，「啦」也產生說話者和聽話者認為於事無補的意味；在(14j)的特定語境中「耶」所起的尷尬意味；還有方才所提過的，(14i)的特定語境中「有」用來強調事件真實性的意味。倘若把這些虛詞從(14)的各句中拿掉，那麼整個深層的語意就會變得薄弱許多。

　　因此，漢語語法中使用虛詞來使簡單的語義關係產生不同的語用意義，也就是在固定幾個語詞中穿插一些虛詞成分使它產生絃外之音，也體現出漢語語法中可以靈活運用的特性。

二、你知我知的詞語簡省與添入

　　漢語中除了詞序、語序與虛詞的運用會對語用意義造成影響以外，還有一個因素也會造成語用意義的不同──就是漢語中經常被簡省或添加的語詞或語法成分。

　　一樣從(14)中的各個句子來看，可以發現各個句子中各自省略的一些語詞，在此我以施事、受事的語義成分為例來說明。將(14)

各句中意義結構上的施事者、受事者全都完整的補上去，並把重複指涉的施事或受事刪去，會產生了如下的各句：

(15) a. 餅乾被（子駿）吃掉了。（「（ ）」表示添加）

  b. 駿（／子駿）吃掉（餅乾）了。（「／」表示可換用）

  c. 餅乾（被）子駿吃掉了。

  d. 餅乾被李子駿（／子駿）吃掉了。

  e. 餅乾（被）（李子駿）吃掉啦！

  f. 子駿吃了餅乾囉？

  g. 李子駿把我的餅乾吃掉了啦！

  h. 子駿~~他~~吃掉了餅乾。（「＝」代表就語義結構而言可省略的成分）

  i. 那子駿有吃了餅乾？

  j. （子駿）吃餅乾耶！

　　從(15)中的各句可以看出，當句子中的施事、受事都完整呈現的時候，每個句子就會變得非常近似，尤其是(15a)(15c)(15d)(15e)這幾個句子更是完全一樣，但是這幾個句子如果完全相同的話，在語境下要如何表達不同的意思？因此，將「(14a)(14c)(14d)(14e)」與「(15a)(15c)(15d)(15e)」這兩組共四對的句子對照在語境中來看：(14a)只說明餅乾的結果而不涉及施事者，具有表達餅乾不見了的惋惜意味，(15a)則傾向在說明吃掉餅乾的人是誰；(14c)具有說明餅乾下落的意味，(15c)則與(15a)相同，傾向在說明吃掉餅乾的人是誰；(14d)以全名「李子駿」表達出強烈的譴責意味，(15d)仍和(15a)(15c)同傾向地說明吃掉餅乾的人是誰；(14e)表達餅乾在某個

不指名道姓的施事者「吃掉」的行為下的結果，(15e)仍然在說明吃掉餅乾的人是誰。除了以上的對照以外，還可以再補充說明的是：(14b)用簡省的「駿」比(15b)更具有委婉而雙關的意涵，(14h)添入「他」也比(15h)更具有強烈指責行為的意涵。

既然(15)中這些完整化後的語句已經與(14)中語用上的意義不同了，那麼(14)中這些被簡省或添加的語詞，就不該「完整化」成(15)的結構來使用，這是漢語的一大特性。在部分漢語情境中，當說話者和聽話者都知道某些成分（如施事、受事或其他)的時候，說話者會選擇將部分的話語省略刻意造成結構上的缺陷〔如(14e)和(15e)的對照最為明顯〕；或是選擇添加部分的話語刻意造成結構上的累贅〔如(14h)和(15h)的對照最為明顯〕，來製造情境中的歧異，使說話者與聽話者各自解讀，並且說話者與聽話者都合作於這種各自解讀的模式來進行對話，如(13)中李玟和子駿的對話，並沒有一方造成解讀上的困擾，也沒有造成說話者和聽話者的反感。

漢語中常被簡省的語詞除了說話者和聽話者已知的施事或受事以外，還有虛詞也經常被簡省掉，可能只是省掉部分、也可能省掉整個成分，例如下列(16)中的「而」、(17)中的「得」和「但／但是」字：

(16) 你（是）六年甲班（的學生），（而）我（是）六年乙班（的學生）。

(17) 周杰倫（的唱片）賣（得）最好，但（／但是）我沒買。

漢語中運用語詞或語法成分的簡省與添入來造成的多義性充分展現出漢語使用者委婉而迂迴的對話態度，同樣也展現出漢語語法可以靈活運用的特性。

三、同義異構的多重表達

　　我在這裡所說的同義異構，指的是在相同的意義結構概念之下，使用不同的語法結構來表達。同樣以(14)的句子來延伸出下面這些句子：

(18) a. 子駿吃了餅乾。（「子駿」為主語，「吃了餅乾」為動賓式的謂語）

　　 b. 子駿吃掉了餅乾。（「子駿」為主語，「吃掉了餅乾」為動賓式的謂語）

　　 c. 子駿他吃掉了餅乾。（「子駿」為主語，「他吃掉了餅乾」為主謂式的謂語）

　　 d. 餅乾被吃掉了。（「餅乾」為主語，「『被』字短語」作動謂式的謂語）

　　 e. 餅乾子駿吃掉了。（「餅乾」為主語，「子駿吃掉了」為主謂式的謂語）

　　 f. 餅乾被子駿吃掉了。（「餅乾」為主語，「『被』字短語」作動謂式的謂語）

　　我在前面說過，當使用不同的虛詞時會有不同的句子結構產生，因此就邏輯上而言，(18)這些例子還可以延伸造出無限的句子。在此為了方便論述，僅就這六個句子來看。

　　(18)中的六個意義結構相類似的句子，用來敘述同一件事情，單從語義結構的關係來看，我們知道施事者是「子駿」，動作是「吃」，

受事者是「餅乾」。但語法結構可就差別很大，在此以前面說過漢語的基本語序「主語＋謂語」的結構來探討。以「子駿」為主語時，謂語可有：動賓式的「吃了餅乾」、「吃掉了餅乾」、和主謂式的「他吃掉了餅乾」等；以「餅乾」為主語時，謂語可有：動謂式的「被吃掉了」、「被子駿吃掉了」、以及主謂結構的「子駿吃掉了」。

　　而且儘管這幾個句子的語義結構關係相同，卻各使用不同的語法結構來表達，而關於那些細微的語用意義的差異在前面兩項目探討時已經提過。

　　然而，在這裡還是要重述一次，我認為用薛鳳生（1998）所謂的「話題＋說明」會比「主語＋謂語」來看待(18)會更具有文化學的意義，如：

(19) a. 子駿吃了餅乾。（「子駿」為話題，「吃了餅乾」為說明）

　　b. 子駿吃掉了餅乾。（「子駿」為話題，「吃掉了餅乾」為說明）

　　c. 子駿他吃掉了餅乾。（「子駿」為話題，「他吃掉了餅乾」為說明）

　　d. 餅乾被吃掉了。（「餅乾」為話題，「『被』字短語」為說明）

　　e. 餅乾子駿吃掉了。（「餅乾」為話題，「子駿吃掉了」為說明）

　　f. 餅乾被子駿吃掉了。（「餅乾」為話題，「『被』字短語」為說明）

這麼一來，會更易於討論漢語使用者說話時的思維，並且也可以統攝所謂「同義（意義結構）異構（語法結構）」對漢語使用者來說

其實都是同一種「話題＋說明」的表達方式。否則，面對以下這些例子會變得很棘手：

(20) a. 餅乾吃掉了。（「餅乾」為主語，「吃掉了」動詞作謂語？）

　　 b. 作業改完了。（「作業」為主語，「改完了」動詞作謂語？）

　　 c. 印章刻完了。（「印章」為主語，「刻完了」動詞作謂語？）

　　 d. 成績打完了。（「成績」為主語，「打完了」動詞作謂語？）

如果解釋為：「餅乾」、「作業」、「印章」、「成績」為話題，而「吃掉了」、「改完了」、「刻完了」、「打完了」為說明，這樣一來(19)(20)的所有句子都具有相同結構了。這也同樣反映出，漢語使用者只要「意」能表達，任何形式上的變化都是可以接受的，這也是漢語語法靈活性的一種體現。

第三節　形式與意義的複雜關係

前面兩節說明了漢語語法中以「意合」為主的「神攝」語言觀，以及隨說話者隨意變換形式的「人治」語言觀。在這一節當中要說明的是，在「神攝」和「人治」交互影響之下，漢語語法的形式與

意義之間錯綜複雜的關係，表現在「同構異義的多重解讀」、「無須型態變化的多功能詞語」、「多種涵義的動補結構」三個部分，這一節便以此三部分各別作探討。

一、同構異義的多重解讀

　　我在這裡所說的同構異義，指的是在相同的語法結構之下，表達出分歧的意義結構，有時候語法意義與意義結構相等，有時候卻不相等；有時候語序和意義結構相等，同樣地有時候卻不相等。為了方便與上一節「同義異構的多重表達」作分辨，在此承接(20)的例子來看下面幾個例句：

　　(21) a. 餅乾吃掉了。（主語＋動詞；「餅乾」為受事）
　　　　 b. 子駿吃掉了。（主語＋動詞；「子駿」為施事）
　　(22) a. 公文批完了。（主語＋動詞；「公文」為受事）
　　　　 b. 王校長批完了。（主語＋動詞；「王校長」為施事）

(21)和(22)共四個句子，雖然在語法上都是「主語＋動詞」謂式的句子，但是它們的意義結構卻與語法結構不同。再看看下面這個例子：

　　(23) a. 椅子坐滿了小朋友。（主語＋動詞＋賓語；受事—動作—施事）
　　　　 b. 小朋友坐滿了椅子。（主語＋動詞＋賓語；施事—動作—受事）

(23)中的兩個句子在語法上是「主語＋動詞＋賓語」，但是(23a)的語義結構是「受事—動作—施事」，(23b)的語義結構卻是「施事—動作—受事」，但兩個句子的意思竟然相等，這個例子很複雜的地方在於，它跟前面所探討的語序有關係；而且也跟稍後要探討的詞形變化有關係。然而，當我們要從社會文化的觀念來探討的時候，我還是認為這應該從意合的「主題＋說明」的關係來詮釋，如下：

(24) a1.餅乾吃掉了。（主題為「餅乾」；說明為「（某人）吃掉了」）

　　　a2.子駿吃掉了。（主題為「子駿」；說明為「吃掉（餅乾）了」）

　　　b1.公文批完了。（主題為「公文」；說明為「（某人）批完了」）

　　　b2.王校長批完了。（主題為「王校長」；說明為「批完（公文）了」）

　　　c1.椅子坐滿了小朋友。（主題為「椅子」；說明為「坐滿了小朋友」）

　　　c2.小朋友坐滿了椅子。（主題為「小朋友」；說明為「坐滿了椅子」）

這些同構異義的句子，口語中解讀起來其實一點也不難，要分析比解讀來得困難許多，因為漢語使用者在解讀這些句子的時候，有一個先驗的「主題＋說明」的思維在運作，因此掌握意義上並不困難。只是要用現代漢語的方法來分析的時候，必須牽涉到許多關於移位、變換、或是動詞特徵的描述，這些運作起來相當費工夫，但也不是本論述的重點。

同構異義比前面所說的任何一種「靈活性」都要來得複雜許多，但這複雜是後天分析上的複雜，其實當教師放下紅筆嘆了一口氣說：「作業改完了。」、或是當小朋友興沖沖地跑進教室說：「球終於找到了！」的時候，我們一點也不覺得這些句子很難理解。這便是一種受社會文化所影響的語言觀在運作的結果。

二、無須型態變化的多功能詞語

詞類劃分一直是漢語語法中受到矚目的問題，尤其對於「需不需要劃分」及「如何劃分」兩大命題更是問題的焦點。而造成歷來漢語語法學界爭執的原因，在於漢語的語詞缺少型態上的變化。例如英語中的名詞有單複數動詞之分、動詞有時態及語態之分、形容詞和副詞來自同詞源時也多有詞綴等加以區別，然而漢語不論是名詞、動詞、形容詞、副詞等都沒有型態上的變化。但也因此，相同的字詞就以同樣形態作為不同功能使用，成為漢語中固定詞形的多功能用法。來看看下面的例句：

(25) a. 我們跳繩。

　　b. 我們玩跳繩。

(26) a. 大跳艷舞。

　　b. 跳舞動作很大。

在(25a)的句子中，「跳繩」當一個動詞短語使用，(25b)中的「跳繩」當作一個名詞使用，而兩個句子中的「跳繩」都沒有型態上的任何變化。(26)這兩個例句中，(26a)的「大」當作副詞來使用，(26b)

的「大」當作形容詞來使用。同樣地，兩個句子中的「大」都沒有型態上的任何變化。但也因此，詞類轉化是為漢語語法中一個別具風格的特性，同時也作為一種修辭法來運用。

接下來再看看兩個例子：

(27) a. 教室坐滿了小朋友。（動詞沒有語態變化）

      b. 小朋友坐滿了教室。

(28) 昨天我吃饅頭，今天仍然吃饅頭，明天還要吃饅頭呢！

（動詞沒有時態變化）

(27a)和(27b)中的兩個「坐」，顯然前者是被動意涵、後者為主動意涵，但是在漢語語法中，詞形也不會隨著語態來作變化。而(28)中的三個「吃」，雖然在不同時間發生，卻也不像英語一樣得要遵守嚴格的動詞變化。

漢語中的語詞沒有型態變化而「拿來就用」的特性，體現出漢語使用者較重視整體意義，較不在意形態的變化，認為語詞並不需要透過任何形式變化就可以當作不同詞類來使用，這的確是漢語語法中靈活性的思維，

三、多種涵義的動補結構

「動補結構」是漢語中常見的語法結構，「其表面形式是『動詞＋形容詞』，此外，動補結構是把『動詞』看作中心語，把其後的『形容詞』看作『補充語』」。（薛鳳生，1998:69）我認為這也是一種「話題＋說明」的思維邏輯，除了主謂的大方向以外，把動詞

看作一個話題，並針對動詞加以說明。劉月華、潘文娛、故韡
（2001:534）將補語分成「結果補語」、「趨向補語」、「可能補語」、
「情態補語」、「程度補語」、「數量補語」、「介詞短語補語」等七種。
來看看下面幾個例子：

> (29) 爸爸昨天晚上喝醉，媽媽嚇死了！（「喝醉」為動詞＋
> 結果補語；「嚇死」為動詞＋程度補語）
>
> (30) 余老師匆匆忙忙的跑下樓！（「跑下樓」為動詞＋趨向
> 補語）
>
> (31) 汪老師上課我都聽不懂。（「聽不懂」為動詞＋可能補語）
>
> (32) 他把足球踢到圍牆外了！（「踢到圍牆外」為動詞＋介
> 詞短語補語）
>
> (33) 這報紙上寫得很清楚，這歌手已經過氣了！（「寫得很
> 清楚」為動詞＋情態補語）
>
> (34) 我的梅子綠很好喝，你要不要喝一口？（「喝一口」為
> 動詞＋數量補語）

在漢語的動補結構中，動詞後面可加上多種形式的補語，比英
語的「動詞＋介系詞短語／介副詞」來得多變。這是因為漢語語法
中具有型態變化的語法成分很少，因此需求擴充大量可表達語義的
成分，再加上「話題＋說明」的先驗邏輯作祟，使得動補結構在使
用上更為繁複。但也因為有多種類型的補語，使得漢語使用者在選
用時更加靈活，也有助於表達更符合「意念」的語句。

在第三章的末端，最後要說明的是，從上述所謂漢語語法的靈
活性看來，漢語有許多變化比起英語是相對繁複的。因此，在漢語

使用者的語言觀裡面，一定得要有一套非常靈活的心理機制在運作，才能運用得當，這也是現代漢語中企圖描寫各種規則來整理羅列出來的條目。然而，現代漢語討論的是「語法規則是什麼」以及「如何運作」，但社會語言學或文化語言學站在後現代的角度來思考，談論的是「什麼原因造成這些特性」、以及「為什麼有這樣的特性」。「靈活性」的多變代表的是漢語語法現象的多變，而不是思維方式的多變，就整個漢語語法的靈活性來說，「主題＋說明」這樣的一種意義式的句法概念是為漢語使用者固定的心理傾向，這種意合性存在漢語使用者心中是非常重要的，這也就是在第二章文獻探討中提過的漢語使用者心中的「本體語法」。這一層解釋對於從社會文化的角度看待語法現象來說別具意義，因為這樣一來所有的現象都同時體現出漢語語法的靈活性及漢語使用者的思維。如此，才可以展開漢語語法特性的社會文化功能的論述。

第四章　漢語語法靈活性的功能性

　　漢語語法的靈活性作為語言的一種現象，同時也是文化的「行動系統」下的一種現象。在第三章「漢語語法的靈活性」當中，我已經描述了「漢語語法的靈活性」在「行動系統」的內容，並說明現代漢語語法研究中所提出的漢語語法特性。接下來我所要做的，是去探討這些語法現象和社會文化之間的關係。然而，在真正開始探討漢語語法的靈活性與漢語使用者的社會文化關係之前，我要先對漢語語法靈活性的「功能性」作一些說明。這個部分是針對「漢語語法的靈活性」在「行動系統」中的內容作後設的說明。更簡單的說，第三章描述的是漢語語法的靈活性「是什麼」，而本章說明的是漢語語法的靈活性「怎樣幫助我們理解漢語語法」。

　　因此在這一章裡面，我要從第二章「文獻探討」的二三節為出發點，說明漢語語法具有哪些功能性，以方便在進入第五、六章上溯漢語語法靈活性的「規範系統」和「觀念系統」前，先對漢語語法靈活性的社會文化功能有更清楚的了解。

　　以「功能性」這個命題而言，我在此歸納出漢語語法的靈活性具有三種功能性：第一種功能性是「特殊的物質結構」、第二種功能性「標異的社會交際運用」、第三種功能性是「軟式的體現文化精神」。

其實，上述這三種功能性，所對應的正是漢語語法目前發展的幾個重要階段的語法觀，「特殊的物質結構」所對應的是「結構主義」的語法觀、「標異的社會交際運用」所對應的是「功能主義」及「社會語言學」的語法觀、而「軟式的體現文化精神」所對應的正是「社會語言學」及「文化語言學」所混合而成的語法觀。

下面我就分別以「特殊的物質結構」、「標異的社會交際運用」、「軟式的體現文化精神」三個項目來說明漢語語法靈活性的三種功能性。

第一節　特殊的物質結構

在開始論述漢語語法靈活性的特殊物質結構之前，先來看看關於語法物質結構的一些理論。

宋宣（2004：194）在《結構主義語言學思想發微》中說明，句法或語法結構是一種「特定語言中兩個或兩個以上自由的語言單位按照一定的結合關係組成的抽象結構體」，而這些語言單位可以是自由語素、也可以是詞或詞組。

句法結構的觀念及理論是源自於結構主義學者 Ferdinand de Saussure（引自宋宣，2004：195）對「句子」及「句法（或句段、語法）」相區別的看法，他認為「句段關係」可以適用於語言結構的各個層次，從詞的內部構造到詞組短語甚至到整個句子。而「句子」和「句法」的差別在於：「句子」是「由個人說話的即

興發揮，屬於『言語』的範疇」；而「句法」則是「按照正規的形式所構成」，也是全體社會成員都必須遵守的語法規則，「屬於『語言』的範疇」。

關於 Ferdinand de Saussure（引自宋宣，2004：183-186、382-383）所謂的「句段（句法）」，在此要補充說明：他認為「語言系統」是一種「能指」和「所指」相連結的符號系統，在語言狀態中，「能指」的一切都是以關係為基礎的，就是結構關係是語言系統得以成立的基礎。他並將結構關係分為「句段關係」和「聯想關係」兩大關係：「句段關係」指的是「在話語中，各個詞連結在一起，彼此結成了以語言的線條特徵為基礎的關係，排除了同時發出兩個要素的可能性，一個要素在句段中只是由於它跟前一個或後一個、或者跟前後兩個要素相對立才能取得它自身的價值」，這是屬於「組合關係」，建立在語言符號的線性的基礎上。這是說，由於語言符號是以「聲音」這個物質形式來作為其「能指」的形式，而因為同時發出兩個聲音符號在生理上是不可能的，因此「此特徵造成語言鏈的展開方式只能按照時間的先後次序作單維向度的排列，而且就算書寫時是以文字表現，其本質仍然沒有改變」。而「聯想關係」指的是「在話語之外，各個有某種共同點的詞會在人們的記憶裡聯合起來，構成具有各種關係的聚合，此時聯想關係會把未實現的要素聯合成為潛在的記憶系列」，這種關係「僅透過心理聯想而不需要透過語言符號在實際的話語鍊條中展開，因此其展開方式可以是多向度的」，這是屬於「聚合關係」。Leonard Bloomfield（引自宋宣，2004：186-188）把這種「聯想關係」改稱為「形類關係」，試圖更客觀地以語言符號的形類為尺度去衡量原本為主觀的聯想或臆斷。

Leonard Bloomfield（引自宋宣，2004：186-188）在解釋語言系統的時候，除了使用上述的「形類關係」以外，也提出了「位置關係」：「位置關係」相當於上述的「組合關係」，指的是語言符號在線性序列中形成的次序關係；「形類關係」相當於「聚合關係」，指能夠出現在線性序列中相同位置上的語言單位所形成的類別關係。此外，Leonard Bloomfield（引自宋宣，2004：186-188）也說明，「一種位置的意義就是一種功能意義，結構中的某一個位置，只能被某些形類所佔據」；反過來說，「一個特定的形類只能在某些結構中的特定位置上出現」，這種看法的意義在於，說明了「我們可以憑藉特定的位置來鑑別特定的形類，又可以憑藉特定形類的屬性來判定它的出現位置」。也就是說，「組合關係」與「聚合關係」彼此具有固定的對應關係。

綜合以上幾位學者的看法，我們可以得知：語法的物質結構是語言單位或語言符號按照一定的結合關係組成的抽象結構體。這些語言單位的「組合關係」表現出語法的結構；而「聚合關係」則表現了其語法功能。因此語法的物質結構能夠幫助我們更理解個別「言語」中真正的「語言」結構，在某種程度上更清楚地呈現了語義。然而，像漢語這種極度含有隱含意的語言，光靠物質結構來解析語義是不足夠的，還得要加上社會文化觀點的詮釋才行。

接下來我從以上語法的物質結構說明來檢視漢語語法的靈活性。在第三章「漢語語法的靈活性」當中，我曾依據前人的研究整理出漢語語法九個體現出靈活性的項目：

(一) 高度意合的口語風格：體現在「主觀變換的語詞順序」、「話題先行的補充說明」、「漢字與語法的表義性」等三方面；

（二）富含絃外之音的多義性：體現在「隨意加減的虛詞運用」、「你知我知的詞語簡省與添入」、「同義異構的多重表達」等三方面；

（三）形式與意義的複雜關係：體現在「同構異義的多重解讀」、「無須型態變化的多功能詞語」、「多種涵義的動補結構」等三方面。

　　此外，我也在第三章說過，這三大項目下的九個子項目之間，其實並不是「完全切割」的特性，它們是屬於「漢語語法的靈活性」之下的各種體現。因此，各個子項目之間往往也具有環環相扣的關連，以致以下要談論漢語語法靈活性的物質結構時，我並不按照九個子項目的順序去敘述，而是按照方便論述的順序來談。

　　首先，如宋宣（2004：194、197）所述，句法或語法結構是一種「特定語言中兩個或兩個以上自由的語言單位按照一定的結合關係組成的抽象結構體」，因此語法形式中就包含了三種東西：一是「結構體」，指「不能被更大片段包含的片段」；二是「組成成分」，指「可以被更大片段包含的片段」；三則既是「結構體」又是「組成成分」的成分，就是既可以被更大片段所包含而同時又包含著更小片段的成分。而漢語語法的靈活性展現在大量使用第三種「既是結構體又是組成成分」的成分，因此造成語法中的物質成分得以隨說話者的意識而對調前後順序或是進行成分的簡省。

　　在語序方面，石毓智認為（1993），「在句子的功能平面上，主謂詞組的語序比較自由，因為人們表達側重點的不同而使得原先的正常語序發生變化，例如作為談話立足點的成分，往往會前移成為『句首話題』，而需要重點表達的成分又會以『焦點』的身分出

現」，這就是在第三章說明過的「話題先行的補充說明」。而由於說話人主觀認定的「話題」或「焦點」的移位而造成語序或詞序的變換，而產生「主觀變換的語詞順序」的情形。看看下面這個例子：

(35) a. 他吃掉了　餅乾。

　→b. 餅乾　他吃掉了。

　→c. *餅乾　吃掉了他。

在(35a)這個句子中，「他吃掉了」這個成分兼結構體和「餅乾」這個成分分別被包含在「他吃掉了餅乾」這個結構體內，說話者可以選擇以「他」作為主題形成(35a)的句子，或是以「餅乾」作為主題形成(35b)的句子。但「他吃掉了」同時包含著「他」和「吃掉了」兩個結構體，以「吃掉了」這個動詞組合來說，它的施事者和受事者的搭配是有限制的，就是我們不能接受「施事者是『餅乾』而受事者是『他』」，因此不能替換成(35c)的句子。

此外，更進一步的變化是，由於語序或詞序的改變而需要藉助其他語法成分如虛詞等的幫助，以使說話者主觀認定的移位在語義上也發生效用，因此也造成「詞語的簡省與添入」與「虛詞的運用」。看看下面這些例子：

(36) a. 他吃餅乾。

　→b. 他吃掉餅乾。

　→c. 他吃掉了餅乾。

　→b. 他吃掉了。

　→c. 吃掉了。

(37) a. 餅乾他吃掉了

　→b. 餅乾吃掉了

　→c. 吃掉了。

(38) a. 餅乾被他吃掉了

　→b. 餅乾吃掉了

　　要理解(36)、(37)、(38)這些例子，我們得先掌握一個原則：我們所謂的「意合」，應用在這些句子中就是先知道施事者是「他」、受事者是「餅乾」，當我們確定了這二者的關係之後，我們知道「餅乾吃掉他」這種會造成施事或受事改變的句子是不對的句子，然則其他的句子我們都可以接受，不論是加了「了」這種虛詞或是「掉」或「被」或「把」等這些語法化的成分，我們都可以理解語義。

　　從這些例子我們也可以知道，漢語中對於「絕對不可以」的句子比較敏銳地拒絕，然而其他的句式只要可以「意合」的，全都在可以接受的範圍，這就是靈活性的展現。

　　然而，在漢語中經常有一些足以造成歧義的句子。這些句子可能是經過說話者變換詞序或語序或是添加了其他成分使句子含有更多語義；但是也有可能，說話者沒有變換語序或詞序也未經過詞語的簡省與添入就涵蓋了超乎字面的語義。來看看下面這兩個句子：

(39) 子駿吃了一包餅乾。（未構成歧義）

(40) 子駿就吃了一包餅乾。（加了「就」以後造成歧義）

　　(40)這個句子可以有兩種解讀：第一種意思是說「子駿只吃了一包而已」，而第二種意思是說「光是子駿一個人就吃掉了一整包

餅乾」。這個句子中的語法成分「就」（副詞）在這個線性序列的結構中產生了兩種語義，而兩種語義分別是由於「就」指向不同的聯繫所造成：當「就」往後聯繫了「一包」的時候，就產生了第一種意思「子駿只吃了一包而已」；當「就」前聯繫了「子駿」的時候，就產生了第二種意思「光是子駿一個人就吃掉了一整包餅乾」。

於是我們就更發現到漢語語法靈活性的另一種體現——「隱含意義」，語義的關係與語法結構的線性序列關係之間有時一致、有時候並不一致，例如上(39)就是一個語義關係與語法結構線性序列關係一致的句子，而(40)則相反。

結構主義認為，這種「隱含意義」和「語義指向」有關，「語義指向」概念最早是由於副詞在句子中形成的複雜語義關係而被發現的。沈開木（1992）深入研究副詞等詞類與句子中複雜的語義連繫並提出漢語話語中的「語法、語義、語用」三個平面的豐富信息。邵敬敏（2000）則嘗試將副詞在結構中所形成的語義關係作系統化的分析，提出「指」（表示副詞所指的方向）、「項」（表示「可以」與副詞發生語義聯繫的「句子中的」成分項目）、「聯」（表示「同時」與副詞發生語義聯繫的「句子內或外的」成分數目）等三個概念。值得注意的是，邵敬敏用「聯」的概念說明了漢語的副詞是可以與句子外（也就是句子中所沒有的成分）發生語義關聯的，這些句子外的成分可能存在於不同的句子中，也可能潛存在意念或者背景之中，這就更清楚的指出漢語句子中的意合性與「隱含意義」的合理性。

宋宣（2004：217、233）也認為「在現代漢語這種意合性的語言當中，存在著許多動態的、超越線性序列的隱性語義關係」，而

「語義指向」是一種隱性而潛在的語法關係，「不僅可以不受『次序』和『鄰接』的限制」，而且還「可能產生『一對多』或『多對一』等複雜的語義關係」，甚至還具有「潛在指向」的特性，可以指向在話語中沒有出現卻隱含在背景裡的成分。宋宣（2004：374）也引用 Wilhelm Humboldt 的觀點並融合自己的意見，指出一切語言的語法都包含兩個部分：一個部分是「明示的，由標誌或語法規則來表達」；另一部分是「隱含的，要靠領悟而不是靠標誌或規則」。而在充滿意合特徵的漢語語法裡面，明示的語法要比隱含的語法所佔的比重小得多。

這些學者所提出的論點，都正是為了因應漢語語法物質結構的複雜而成，也使漢語的語法學家對漢語語法現象超越了結構主義表層的「線性序列」觀，同時也體現出了漢語句子中靈活的「隱含意義」的手段。

漢語語法的物質結構既然展現出了高度的靈活特性以及富含「隱含意義」的特性，那麼在使用漢語來進行對話的時候，就非常需要聽話者的「合作原則」。張斌、范開泰和張亞軍（2000：173）在《現代漢語語法分析》中，對交際中會話的準則說明，說話的雙方必須遵守合作原則（另一個必須要遵守的原則是禮貌原則）。其中合作原則是指，兩人說話時在內容上（量）、真實性上（質）、關聯性、及說話方式上都必須要配合對方的程度及所需要的內容，才能使對話順暢，就算對話的某一方「故意」違反這些原則而使得語句中的質量、關聯性的方面有所缺陷，則另一方仍能察覺出這種「故意」是由於「話裡有話」，這就是所謂的「隱含意義」。

　　這種對於隱含意義的合作原則，也是一種意合法的對話方式。宋宣（2004：332-336）說明，所謂「意合法」，是指把兩個或更多的實義成分按照一定的次序排列在一起，儘管沒有相關的詞形變化標記，但是無論是說話者或聽話者「總能夠把這些相組合的成分在意義上融合或者整合起來，最終把一定的整體意義和結構關係賦予它們」。

　　至於說不同語言的人們，對於「隱含意義」的所指也會有不同的感受，這與每種語言的「內部形式」有關。Wilhelm Humboldt（引自宋宣，2004：370）說明，所謂「內部形式」是指「不同的民族語言利用自己的語音外殼來獨特地表達語義內容的方式」，其中包括「對經驗內容的整理與劃分方式、透過範疇化來形成抽象概念的方式等等」。它反映的是「特定民族認知世界的不同方式」，這種「內部形式」特徵「比起處於表層的形式特徵更加穩固而不易改變」。

　　此外，「內部形式」的表達方式在不同類型的語言中自然是各不相同的。在印歐系語言中，『『形態』等顯性語法形式往往是它的重要標誌，因此它們一般是透過外部形式特徵來表達和辨別『內部形式』」；而漢語這種不需要顯性型態變化的語言中，「重要的『內部形式』除了透過『語序』和『虛詞』兩種手段來表達或辨別出來以外，還必須在一定程度上藉助於語言使用者的認知能力，以便對相組合的語言成分進行結構意義上的『整合』。只有透過『整合』作用，各種重要的『內部形式』關係才能得到準確的表達和辨別」，這就使得漢語在語法手段的選擇上傾向於採用「意合」手段。因此，漢語語法不論在口語上或書寫上的交際過程中，重點均不在於能否

察覺出語法結構到底「是什麼」，而在於說話者及聽話者「把它們解釋成什麼」，而這也是在第三章曾列舉過的幾個漢語語法現象如「同義異構的多重表達」、「同構異義的多重解讀」、「無須型態變化的多功能詞語」、「多種涵義的動補結構」等的本質意義。

因此，在這一小節中我們認識到漢語語法的物質特性，在於採用許多語法成分或手段，去促使「意義表達」得以完整，而非為了使「語法結構」完整。我們發現到靈活性與意合性不僅是漢語語法的特性，更是漢語使用者所必須具備的能力，才能使聽話者及說話者有效地使用漢語及漢語語法來溝通。

第二節　標異的社會交際運用

語言的交際功能與思維對語言的重要性是社會語言學與文化語言學共同的研究主題，但是二者的研究方向略有不同。依據 Joshua A. Fishman（黃希敏譯，1991：148）的說法，社會語言學關心「語言的持續與變遷」，並建議研究三個方向的題目：第一個是在接觸情境中，習慣性語言的使用如何建立；第二個是去討論有關習慣性語言使用裡可確定變化的心理、社會及文化過程；第三是討論關於「對於語言的行為」，例如對語言的態度情感、對語言的行為措施、對語言的認知等。而依據邢福義（2000：35）對社會語言學及文化語言學的分辨：社會語言學主要關心的是言語交際方式的選擇及其社會條件和社會意義，優先考慮的是「言語而不是語

言、是功能而不是結構、是語境而不是信息本身、是語言的得體性而不是語言的任意性」，因此不大關心語言結構體本身；至於文化語言學則「對語言結構系統和言語交際行為兩方面都給予同樣的重視」。

因此，在探討漢語語法的靈活性時，我是選擇以更貼近文化語言學的方法來研究漢語語法，從語法結構本身出發，並將社會語言學及文化思維的觀念注入其中，這也是邢福義上面這段話的意思。也因此，在接下來的兩節中，我會分別主要以社會語言學及文化語言學來探討漢語語法靈活性的功能性。

首先，在這一節當中，我要探討漢語語法靈活性的社會功能，先來看看關於語法及社會交際運用的一些理論。

我在第二章曾提過，結構語言學的功能主義與社會語言學等對語言現象中在意的是語言如何表情達意及如何促成交際溝通的功能。Edward Sapir（引自宋宣 2004：338）以功能主義的眼光來觀察語言現象，認為在語言系統中，「功能」（就是表達的需要）始終是第一性的，且「任何手段如果僅有外在形式而不負擔起相應的表意功能，那麼就不能算是名副其實的語法手段」。他同時也指出，「所有語言都必須具有形成觀念、表達邏輯命題的功能」。宋宣（2004：360-406）補充說明，「人類語言表達不同語法概念的功能毫無疑問是劃分不同語言類型的主要依據」，「所有語言都是有形式的語言，任何語言都必須表達純粹的關係，卻可以不必受到非根本成分的牽累」。「既然語言是一種表情達意的符號工具，那麼「概念世界的永恆特徵和強有力的趨勢」也會對語言的各方面發生深刻影響，比如「觀念表達」的因素在決定語言結構類型特徵方面起著重

要的作用，同樣的，「觀念表達」也一定會決定「語言沿流」的大致走向」，而且「特定民族長期形成的心理定式或傾向往往可以在很大程度上制約或者決定語言的基本面貌和發展趨勢」，這是功能主義語言觀的一種體現。這段說明正揭示了結構語言學的功能主義所認為，語言表達與交際的功能會對語言的運用演變造成影響。

至於社會語言學對於語言的社會交際溝通，則更加重視了有形或無形的社會規範對語言型態及語法的使用情形。

梁志剛（2003：85）認為，「語言的演化有其內在體系的制約，也有其外在的社會文化背景。語言的發展和進化不可能完全獨立於社會與歷史發展之外，一種語言的社會和文化環境在很大程度上促進或制約該社會的語言形態」。所謂語言的內在體系，就如同前一節說明過的語法的物質結構，是語言單位或語言符號等；而外在的體系，就與人類如何使用語言及什麼對語法變化有所影響有關，當然就與社會文化環境有很大的關係。Joshua A. Fishman（黃希敏譯，1991：167）也說明過，「語言行為是一股主動、反映社會現象的力量；尤有甚者，語言行為對社會還有回饋的現象，從而增強或改變社會，使它符合談話的價值與目標」。也就是說，社會影響著包含言語或語法等語言行為，因而語言行為可以反映出社會現象；而進一步地，和語言有關的行為還有可能增強或改變社會等。

另一方面，社會語言學也很關注不同「語型」所具有的不同社會功能。所謂「語型」，依據 Joshua A. Fishman（黃希敏譯，1991：7-11）的說明，「任何語區裡都會有幾種不同的講話方式，各具不同的功用，導致產生特殊用語的因素。除了行業及興趣之外，還有其他譬如在同一區內的某種社會階層（依據經濟、教育、種族而分）

的人就操某種語言等」，這種在不同階層或不同場合使用不同語言的形式，就是語型。而「無論一個語區內的講話方式（職業的、社會階層的、區域性的）性質如何、或是各種講話方式之間的關係如何，語言社會學所要尋求的，不只是能解釋及限制語言行為的社會規則或規範，也不只是語區內對某種語言所持的態度，更是各種語氣對其使用者而言所具的不同象徵價值」；而「不同象徵價值的造成，乃是各種語氣或語型各有其不同功用的必然結果」。因此，社會語言學家企圖用最少的變數如語料的取材及實驗的設計等，去儘量解釋語言背後成因的變化度，如社會因素或社會型態等。

Joshua A. Fishman（黃希敏譯，1991：7-11）在解釋語言社會學的研究方向及目的時，認為語言社會學的最終目的可以說有兩個：一是「描述性語言社會學」的取向，焦點在「誰對誰在什麼時使用什麼語言講了什麼話？」，重於「描述在一個語區或語文區內所約定俗成的語言社會組織，探討各種社會網和社區內的語言使用規範，也就是要找出在社會網或社區中一般人所採用的語言方式，及他們對語言的行為與態度」；另一個是「發展語言社會學」的取向，在於「研究使社會組織中的語言使用和語言態度產生不同速度的變遷的因素」。這二者加起來便是社會語言學的全貌；而「由於在語區內和語區間的語言型態、功用及其使用者都是不斷地在相互影響，引起變更，所以語言社會學的標的就在於研究此三者（就是語言型態、功用及使用者）的性質」。

從上面這段話來描繪社會語言學對於漢語語法的研究樣貌，我們可以知道，當我們要從歷時的角度去研究漢語社會如何影響語法變化的時候，此時的研究較傾向於「發展語言社會學」的取向；而

當我們要從共時的角度去探討漢語社會中對於漢語語法使用系統內部的差異時，則就會偏向於「描述性語言社會學」。不過除了結構主義主張研究共時的語法現象以外，社會語言學或文化語言學均傾向於共時與歷時的方法要交錯使用，以使我們從語法及其他語言現象中獲得對某語言認知的全貌。

以漢語語法的靈活性來說，在此也是採共時與歷時的方法交錯運用的方式來研究，因此提出漢語語法靈活性具有以下幾個重要的社會交際運用功能：

(一) 情境生成的集體性特徵；

(二) 柔化交際的憑藉；

(三) 縮結人情的結構化；

(四) 詩化升級搏造出文人圈。

首先，漢語社會的「集體性特徵」，指漢語使用者的社會組成是一個以集體生活為主的社會，在漢人世界裡生存的個人，會將自己放在群體之中、甚至放在群體之後。它與中國自古以來的學統、宗法以及禮教有關。這種「自抑性」的特性體現在文法上的特色是：大量使用自謙詞與敬詞；代名詞或指稱詞的使用上，盡量以「不凸顯個人」為原則來進行對話；也由於漢語使用者不太凸顯「個人」，因此對於個人物品的領屬也常模糊表示，體現在漢語語法上如所有格或名詞的限定均不明顯。

其次是「柔化交際」，指漢語使用者自謙自抑、不願意凸顯個人的特性，從而延伸出漢語社會中「柔性」的交際方式，這種柔性交際，具有含蓄又委婉、深沉而向個人內心探求的特性。此特性使得漢語使用者在交際及溝通時，傾向於向內尋求意義，即在有限而

模糊的對話關係之中，向「個人內心」尋求解讀的模式。例如在溝通上各種含蓄婉轉的語用（動詞疊字、形容詞「一點兒」、副詞「一下」等）均表示一種非不得已不想為難別人的心理狀態。

再來是「綰結人情」，從漢語社會的集體性特徵開始發展而來，自古在層層分化的封建制度中卻仍要表現出家國的一體性而造成社會文化網絡的複雜，又在柔化交際的作用之下，漸漸發展成人際關係上的複雜，伴隨而來對應的是我們對於語義結構複雜化的需求，這種複雜關係和先前在第三章第一節所提過的「隱含意義」與「語義指向」有關，在修辭上表現為形式多樣的委婉修辭的存在（如用典、誇飾、雙關、諷諭、留白、藏詞……等），使得「言不盡意」成為一種可以追求的對話效果，甚至是「美的」，不只是文學或藝術上，就算是日常對話也是如此。這些語法結構和語義之間的複雜關係，已經不同於前兩節所論述的「自謙」或「委婉」，而是在以「自謙」和「委婉」為基底的社會底下發展出的另一種格局，而在人際關係上及語法現象上均呈現出的複雜樣貌。

最後是「詩化的語言」，象徵知識崇高的社會地位，這種詩化的語言將漢語語法的靈活性發揮到最極致，以最精練而簡省的字句去表達最大的意念；同時許多詩人或文人也為了韻律及意念上的不同內涵，而採用語序更換、詞類轉品等方式，這些靈活性的手法不但不影響我們對這些言語作品的美感與態度，反而更讓我們推崇漢語社會文化的特性在語法上的體現。林秀君（2006：86-87），曾提出「詩性的智能」在於「語言的提煉加工」及「語言的變形剪輯」兩種手段及「詞的變性活用」、「詞語的異常搭配」、「語法鏈詞的省略」、「詞序的移位」等四種層面。到今天的漢語社會中，這種詩化

的語言已經不再只限於文人使用，它達成一種新的交際效果，讓對話的格調提升、或是讓對話的內容更引人入勝……等等，可說是以精練語言型態加強說話效率的一種方式。

以上這四點重要的社會交際運用功能，在此僅各舉一些例子作說明，而我將在第五章作個別的深入論述，在此就先擱置。

第三節　軟式的體現文化精神

從前面兩節的敘述中，可以發現結構主義是以語言的結構為研究的根本；而到了功能主義及社會語言學則更加重視了語言與社會交際運用的關連性研究，甚至社會語言學已經將社會交際的思維延伸到了民族之間不同的思維模式展現，文化語言學則提供了更多的研究方法及理論基礎，促使我們去研究語言現象與社會文化思維間的關連性。

在這一節就要探討漢語語法的靈活性的文化功能，同樣地先來看看關於語法及體現文化精神的一些理論。

首先，我在第一節說明 Ferdinand de Saussure（引自宋宣，2004：183-186、382-383）對「句段（句法）」的看法時曾提過，語言符號是以「聲音」這個物質形式來作為其「能指」的形式，而「所指」就是該符號的意義。邢福義（2000：324-325）對語言符號提出「聲音」和「意義」兩種材料，他認為「從語言符號的構成來看，聲音無疑是一種物質的材料，但從符號與其所代表的現實現

象的關係看，意義材料的重要性是顯而易見的」。語言的材料基礎是「直接建立在人類思維活動的成果之上的」，思維的材料基礎來自於「知覺及表象」，沒有思維活動的成果作為語言符號的意義內容，語言就會失去其材料基礎而無法存在。因此，思維材料基礎是第一性的，語言的材料基礎則是第二性的。而 Wilhelm Humboldt（引自宋宣，2004：349）把思維與意識看作是「一種獨立於物質客觀存在的特殊要素，有著自己特殊的發展規律」，而「語言既然擔負起表情達意的功用，所要遵循的就是精神意識的發展規律」。

例如邢福義（2000：314）曾針對思維對語言的影響以英語和漢語為例作對比，說明「各種語言的特殊段落發展方式，是受不同文化的特殊思維方式決定的」。他認為英語使用者習慣於線性思維，「思維進程沿著事物的發生順序和邏輯順序遞進」，因此便有剛硬式的直線型的表述；漢族習慣於環形思維，「先總覽全貌，得到結論，然後再反覆證明這一結論」，因此有柔軟式的螺旋形的表述。邢福義所說的「總覽全貌」、「環形思維」、「螺旋形的表述」等內涵，其實已經將漢語語法中重要的意合性簡單的勾勒出來。像這樣使用英漢語言對比的方法，是文化語言學常使用的「共層背景比較」的方法，用來研究語言現象。共層背景比較的對象可以是同一語言不同歷史階段的比較，也可以是不同語言或不同次語言同一歷史階段的比較。前者又稱「歷時比較」，後者又稱「共時比較」。

前一節曾經討論過社會語言學對歷時研究與共時研究的態度，而由於文化語言學很大一個部分與社會語言學關注的對象相同，因此在社會語言學的討論結果也同樣適用於文化語言學。邢福義（2000：271）就曾在《文化語言學》中討論過這樣的問題，他

說明「語法規則包括詞語、句子和篇章的構成、理解和表達的法則，是人類長期抽象思維的成果和社團約定」，因而文化對語法的影響，可主要從以下兩方面來觀察：第一個方面是「人類文化對其語言語法產生、發生和變化的總體影響」；第二個方面是「不同社團使用語言的語法差異所反映出的人類文化特徵」。邢福義在這裡揭示了文化語言學的研究面向及方法，前者「人類文化對其語言語法產生、發生和變化的總體影響」正等同於歷時的研究；而後者「不同社團使用語言的語法差異所反映出的人類文化特徵」正等同於共時的研究。

在文化語言學的研究當中，我們常用英漢兩種語言的特性作對比，此時我們用的是共時比較，它可以幫助我們發現幾種不同語言文化現象的差異及其原因，進而揭示文化現象的特點和功能；而當我們在對漢語古今語法作比較或溯源的時候，我們使用的是歷時比較，它可以用來描述出某一文化現象或某一文化乃至人類文化的發展軌跡，而且還往往能給某個文化乃至整個人類文化的發展起某種預示的作用。

此外，邢福義（2000：303-304）也認為文化會影響語言觀（包括語言地位、語言感情、語言魔力、語言美感、交際規範等），語言觀「是精神文化的一部分，是文化觀念在語言問題上的具體體現」。作為精神文化的語言觀，「必然要受到其他文化部門的影響」，語言觀的形成「都可以從文化的角度得到解釋，具有豐富的文化內涵」。

前一節曾討論，社會影響著包含言語或語法等語言行為而那些和語言有關的行為還有可能增強或改變社會等，這樣的論點也同樣

適用於文化和語言的關係。「人類思維的過程與結果必須用某些形式表現出來或保存下來，除了眼見的器物或是法令制度、社會規範等顯而易見的方式以外，「語言」也是表現及保存人類思維的重要方式，而語言系統中的各個成分，不論是語音、字詞彙或是語法等，都表現並保存了人類的思維。我們可以說，語言系統本身也就是一個文化世界，記錄著人類文化，它並不像口語或文字的成品（如小說、詩詞、法規、典籍等）那樣可以直接呈現出人類思維的內容，但往往在透過研究之後，語言系統的思維模式展現便可以從中體現出來；而且因為語言的演變是漸進而緩慢的，因此更可以從中發現人類思維模式的變換或變革，語言就是以這樣漸進又緩慢的方式將文化與思維體現及保存下來的。」（邢福義，2000：303-304）而另一方面，語言與文化之間又可能相互影響相互制約，這是由語言的思維職能和交際職能所決定的。

至於以漢語語法的靈活性來說，它當然也體現出漢語使用者思維中很重要的幾個文化精神內涵，在此提出以下四點：

(一) 氣化觀的羅致寄寓；

(二) 圖像思維的具體展現；

(三) 彈性諧美的真實演出；

(四) 規範出位的見證。

首先是「氣化觀」。氣化觀是漢語言社會的世界觀型，周慶華（2007:185）提到「它的相關知識的建構，根源於建構者相信宇宙萬物為自然氣化而成，如中國傳統儒道義理的構設和衍化（儒家／儒教注重在集體秩序的經營；道家／道教注重在個體生命的安頓，彼此略有『進路』上的差別）正是如此。」隨著漫長的語言及文化

發展，「氣」這個詞慢慢地衍生出更多的涵義，大抵上有兩條線索：「一是從雲氣引申為凡氣之屬，再生發為自然物質始基，上升為哲學概念；二是從呼吸引申為氣血觀，生發出氣質論，上升為人的精神稟賦。」（趙倩，2003：63-66）而從氣化觀而來的「文氣」觀念，便深深影響漢語使用者對語言的使用認知。漢語使用者對「文氣」連貫的思考，並不以形式作為語義通順的唯一手段，而是把「氣」當作語義和形式連接的手段。

其次是「圖像思維」。漢字具有氣化觀型文化的特質，以從自然界接收到的視覺以及反應在心裡的心理感知作為基礎的樣貌，而呈現出漢字強烈的表義特性。從閱讀理解的角度來看，學習漢語的人幾乎認得了字就能夠閱讀，這是由於漢字的形式與意義具有很大的關連性，「漢語語句構造是依賴語義勾連起來的。我們只要從掌握漢字的字形入手，了解了一個個漢字的音也就懂得一個個漢字的義，同時從這些串聯成句的字義中又可領會出句義、文義。」（林華東，1995b：22-24）此外，漢字的「塊狀整體認知」也支持了漢語語法的意合的整體認知。更明確的說，漢字不只是「支持」漢語語法意合的整體認知，更是「強制」漢語語法必得走上意合性的道路，漢語語法的意合特性可說是漢字的表義性和意合性的外延。

再者，「彈性諧美」是承襲前兩節「氣化觀型」的文化以及「圖像思維」的語言使用而來。漢語社會重視意象美、和諧美、境界美，而由境界而生的韻律，也是漢語使用者所重視的，這種諧美的觀念體現在漢語語法「意象上的境界美」以及「漢語語法靈活的節奏性」中。在「意象上的境界美」方面，「詩性的智能」及「文氣」的觀念使得漢語對於具象畫面或是心理畫面的描述具有極強的功能

性，因此漢語對於呈現視覺是很方便的。在「漢語語法靈活的節奏性」方面，鄧曉明（2004：36-39）曾針對漢語詞音節提出「音偶」傾向及意義上的「意偶」傾向；林華東（1995b：23）認為「漢字的表義性使得現代漢語雙音節詞在表達中既可選擇單字（單音節）形式也可選擇複字（雙音節）形式，從而有效地調節了語言的節奏，使句子的結構勻稱、音節配合和諧。」

最後是「規範出位」。氣化觀、圖像思維、和彈性諧美等思維與傾向使得漢語使用者說話行文時一切以意義、「氣流」和整體性為考量，形式只是去輔助意義產生的工具，而且漢語的模糊性、具體性及其容量的廣泛性、彈性意合的風采，也支持著漢語使用者意合的思維傾向，本身就蘊涵著相當濃厚的自由靈動氣息。尤其漢語語法中的各個成分可以隨意拆合而沒有硬性的規律，以適應各種形式上、音律上、修辭上的變化，表現出簡約的特性。因此漢語在語義及形式上具有多重的複雜結構關係，意合性和靈活性的搭配使得漢語語法在靈活的特質下能夠產生無限的語句和無限的意念。而這些規範出位的證據，衝撞了我們對「正確」的認知，但卻迫使我們進入「意合」的思維，去看待這些語句，體悟它們所帶來的新義，也為漢語語法的靈活性證實了其文化上美妙的功能性。

以上這四點重要的文化精神體現，在此僅先將重要的概念各舉幾個例子來說明，以作為進入第六章之前的先備理解，而我也將在第六章作個別的深入論述，因此一樣先討論到這裡。

第五章 漢語語法靈活性的社會功能

在第三章和第四章中，我已經從文化的「行動系統」層面說明了漢語語法的一種語法現象——「漢語語法的靈活性」，並說明了漢語語法靈活性的三種功能性——分別為「特殊的物質結構」、「標異的社會交際運用」、以及「軟式的體現文化精神」。

接下來，便能夠開始去探討這些語法現象和社會文化之間的關係。

在本章「漢語語法靈活性的社會功能」中，先從文化的「行動系統」上溯到「規範系統」，來探討漢語語法靈活性的社會性成因及其在社會上的體現。

在此分為四個部分加以論述，分別是「情境生成的集體性特徵」、「柔化交際的憑藉」、「縮結人情的結構化」、以及「詩化升級搏造出文人圈」。

第一節 情境生成的集體性特徵

談到漢語語法靈活性的社會功能，得先從漢語使用者的社會特徵來談，因此本節要從漢語社會的集體性特徵談起。漢語社會的「集

體性特徵」，指漢語使用者的社會組成是一個以集體生活為主的社會，在漢人世界裡生存的個人，會將自己放在群體之中、甚至放在群體之後。舉一段教室中的對話作例子：

> (41) 下個月學校要舉行校外參觀活動，班上大部分的同學都報名了，但是鏡寶沒有報名，原因是她並不想去。當老師問她原因的時候，她回答：「因為**我的爸爸媽媽**不讓我去。」老師接著回答：「但是這個機會很難得，**學校希望你能參加這個活動**，能不能請你的爸爸媽媽再考慮一下？」……

這份簡單的對話讓我們注意到兩個語詞的使用，一個是鏡寶口中所說的「我的爸爸媽媽」，另一個則是老師口中的「學校」。其實我們從語境中可以很清楚知道，雖然鏡寶說「我的爸爸媽媽不讓我去」，但其實這是她自己的念頭；另外，老師說「學校希望你能參加這個活動」，其實並不是校方的意願，而是老師自己的期望。

在漢人社會中，經常不太願意表達自己真正的想法，而就算我們試圖表達自己的想法時，我們也會用「我們」或「大家」等代稱，或是把自己所屬的團體（如校方、家人等）給牽扯出來，這就是所謂漢語社會的「集體性」。相對於英語社會中以個人主義為本的社會組成來說，漢語在語言的使用上會有崇尚自謙的美德以及鮮少凸顯個人的傾向。

上面這個例子說明了漢語社會的集體性，只是為了方便說明「集體性特徵」指的是什麼，尚未談及漢語社會「集體性特徵」對漢語語法的影響。

　　在談論「集體性特徵」在漢語語法中的體現時，我們會先好奇，什麼樣的背景使得漢語社會發展出這樣一種集體性的特徵？究其原因，我們發現它與中國自古以來的學統、宗法以及禮教有關。

　　梁豔（2002）在研究儒學對漢語語法發展的影響時，認為中國自古以來的學統首先養成了漢人對社會責任的思維，在於三綱五常的忠孝道德，以及修身、齊家、治國、平天下的社會責任，還有崇拜天命、崇拜祖先、崇拜聖賢的尊崇思想，這些思想並集結了漢人對家族及君國的忠誠與尊崇。她說：「中國是一個多元宗教國家，但以儒釋道三教的影響最大，而儒教則以正統國學的地位統治了中國兩千年的思想文化陣地，中國古代語言學的產生和發展都與儒學和佛教有著密切的關係。」接著又說：「儒教因其精神取向而與統治階級建立起相互支持的關係，語言學則因儒學思想的傳播得以產生和發展。儒學的精神內質歸納起來有三方面的內容：一是提倡三綱五常的忠孝道德；二是強調修身、齊家、治國、平天下的社會責任；三是宣揚崇拜天命（君權天授、福禍天定）、崇拜祖先（隆喪厚葬、享祭鬼神）、崇拜聖賢（尊崇周孔、學由五經）的尊崇思想。」

　　除了學統以外，和集體性特徵的形成有關的，還有中國長期的封建宗法制度與禮教。邢福義（2000：294-296）認為「我國經歷了長期的封建社會，宗法制度在中國延續了幾千年，等級秩序嚴格、尊卑長幼有別的宗法思想，以及儒家為維護封建宗法制而提出的孝悌忠信等道德禮教，也在中國統治了幾千年，成為人們一種根深蒂固的社會心理，並深刻地影響著語言的運用。」在這樣的封建宗法及禮教的觀念之下，漢語社會對於親屬關係是非常重視且嚴格區分的，馬樹華（2001：4-5）認為「中國封建主義文化使漢民族

嚴格區分親屬關係。封建主義結構非常重視親屬特徵──無論哪一方面的社會關係，都必須按親屬稱謂的規定；無論是喪禮還是婚禮、繼承遺產、以致一人犯罪株連九族，均按親屬系樹的等級辦理。」

也因此，漢語使用者對於親屬關係內的服從也十分明顯，並且這樣的群我間的親屬關係，從「自身」、到「家」、「國」、以至於「天下」，是以同心圓狀的方式擴散的。林秀君（2006：86-88）曾提到：「在社會組織上，華夏民族從原始的家庭制度到封建的宗法制度，均強調長幼尊卑的倫理道德修養，個人的命運同家族的命運渾然一體，形成部分與整體交融互攝的思維模式……在政治上，漢民族的政權、神權、主權高度統一，個人的尊嚴和價值無從立足，從而產生了把自然現象和社會人士混為一談並為『王權天授』尋找理論根據的『天人感應』的迷信說教，以及要求個人絕對服從群體的東方人際關係模式。」

漢語社會的集體性特徵，便在這樣的學統、封建宗法、禮教以及親屬觀念等背景之下，伴隨而來的是，造就了漢人崇尚謙讓的民族心理。邢福義（2000：294-296）認為，漢人由對君主的順從以及對親屬長輩的恭敬，擴大到對一般社會成員的尊重，把「謙以待人、虛以接物」作為為人處世的信條，視為一種崇高的美德。表現在語言上，對自己總是有意貶低，而對別人卻是極力誇獎，就算是內心不能苟同的意見也裝出幾分表面的「大度」。漢語使用者在言語交際中以禮貌、謙虛為原則，並透過「讓己受損、使人獲益」的方式來表示對人的最大禮貌和尊敬。中國自古以來被稱為「禮儀之邦」，與這種崇尚謙讓的心態有很大的關係。

　　在崇尚謙讓的心態發展至極，會變相地促使漢人社會中過度重視群體意識、反對個人本位，進而難以啟齒表達「自我」。袁嘉（2001：215-221）說明：「漢文化中歷史上的大家族、天下一家、天下為公的觀念也常常藉虛辭的有無體現出來。這些觀念具體表現為大家在一起不分你我，交際上對共同面對的東西羞於指出屬於誰，尤其羞於指出屬於自己。」

　　萬海燕（2001：44-46）更使用「自抑性」來描述漢人社會這種貶低自我的文化現象：「中國幾千年的封建社會自漢代以來一直是儒家文化佔著統治地位，它深刻地影響到中華民族的倫理傳統與民族心理，同時也深深地在漢語中留下了痕跡，從某種意義上來說，儒家文化是一種典型的自抑性文化，在漢語中的表現之一就是自謙詞特別豐富，與自我有關的詞義貶值化。」張建民（2008：135）更明確說出：「儒家講『過猶不及』稱『中庸之為德也，其至矣乎』。這對中國人喜歡從眾隨流，深信人怕出名豬怕壯、槍打出頭鳥的民族心理有很深的影響。」

　　既然漢語社會中對於親屬關係如此重視，而對宗法與禮教又如此嚴謹，那麼數千年來的社會運作模式必定全然滲透到漢語社會的各個層面。除了在社會上影響至家庭與宗族的觀念、血親或婚姻的關係、甚至個人的社會地位以外，為促成這些社會行為所必要的「語言」，必定也會發展出自己的一套模式，去精確表達這些關係和行為。

　　接下來以一些例子來談「集體性特徵」在漢語語法中是如何體現的。

　　首先，在漢語的集體性社會當中，最常出現的特徵是自謙詞的使用，例如：在下、不才、妾、奴、鄙人、小人、不佞、賤事、固陋、謹、再拜……等諸多用來代稱「我」的詞彙，而且向別人提到跟自己有關的人事物時，也總是要謙虛地說：我的兒子是「犬子」、我的妻子叫作「拙荊」或「糟糠」、住的地方叫作「寒舍」、自己寫的書是「拙著」、邀客人喝酒時說自己的酒是「薄酒」。類似的例子不勝枚舉，就連黃帝也要自己謙稱「朕」或「寡人」，這是整個自謙的文化所帶來的效應。而和自謙詞相對的，便是吹捧對方的敬詞，如「閣下」、「足下」、「陛下」、「令堂」、「令尊」、「令嬡」等等。下面這個例子可以說是最能代表自謙詞與敬詞用法的對話：

　　(42) A：「請問貴姓？」

　　　　　B：「敝姓潘。」

　　明明指的是同一個對象，為何一下子說是「貴」，一下子又說是「敝」？其實就在於：對 A 來說，要問對方姓名時使用敬詞，所以用「貴」；而換成 B 來答覆時，就變成指涉自己，因此要用自謙詞「敝」了。尤其漢語語法不像英語語法般在主格受格有型態上的分別，因此完全無法從主格或受格等格位來選擇「貴」或「敝」的用法，這種以自謙或敬意等語義內涵上的考量來思考語境下應該選用的詞彙，是漢語語法中常見的用法。此外，這種表示自謙或敬意的用法不僅僅限於句段，我們常見的篇章或口語演講也經常在首段或末段加上一段謙虛的話語或文字。相較於西方人的坦率，他們不會貶低自己，也不可能恭維別人，不論他們表示自謙或自信，主

詞仍然用「I」來表示自己，同時不論他們是否讚揚對方都一律使用「you」。

　　除了自謙詞以外，漢語在代名詞或指稱詞的使用上，也儘量以「不凸顯個人」為原則來進行對話；明明是「我認為」也要說成「我們」認為，罵人時明明指的是「你」也要含糊地說成「你們這些人」。例如：

　　(43)（B把辦公室的物品弄壞了）
　　　　A：「你們這些人怎麼這麼不會愛護公物？」
　　　　B：「又沒有人教我們使用……」

　　其實辦公室裡面明明只有兩個人，A看見某個公用物品壞掉了去找B理論，明明針對的是B卻仍說「你們」，而B回應時明明是自己的錯誤，卻仍把自己歸類到「我們」這個無辜的群體。再如本節一開始舉過的例子(41)，漢語使用者常以個人所屬的「團體」來代稱「個人」，(41)中便是以家人代替「我」的意見、以「校方」代替「老師」的意見。

　　相較於英文中典型的個人義象徵，「I」在任何場合出現時都必須大寫，且英語的主詞地位明顯，與動詞的對應關係也必須遵循時態、語態、格位等明確的規則。而在漢語中最好對話中不要指涉任何「個人」；如果真的得提到個人，就只好使用前面說過的自謙詞或敬詞了。

　　同樣的，由於漢語使用者不太凸顯「個人」，因此對於個人物品的領屬也常模糊表示，體現在漢語語法上如所有格或名詞的限定均不明顯，例如：

(44) a. 我把書放進書包裡，才走出教室。

b. I didn't leave the classroom until I put my books into my schoolbag.

從(44)這個兩個句子中可以很清楚地看到，中文並不刻意說明「我的書包」、「我的書」、「我們的教室」，但換成英語的句子卻必須明確說出「my books」、「my schoolbag」就算沒有說明這間教室是哪一班的教室，也得加上一個定冠詞 the 將指涉的範圍確定下來。

以上這些語法現象都顯示出，漢語社會中鮮少凸顯個人的特性，這便是集體性特徵在漢語語法靈活性中的體現。漢語的靈活性就展現在這些不加限制的字詞中，就算我們不加上任何的形式標記也不會影響我們對於句子的理解，而就算口語中所指的「我們」或「你們」並不是真正對話的對象，也不妨礙我們對於說話者與聽話者的認知。

第二節　柔化交際的憑藉

前一節說明了漢語社會中由於集體性特徵所造成的語法現象，漢人社會在集體性特徵之下，表現出自謙自抑、不願意凸顯個人的特性。從此特性延伸而來的另一個層面，是漢語社會中「柔性」的交際方式。這種柔性交際，具有含蓄又委婉、深沉而向個人內心探求的特性。

先來看一個最典型的例子：

(45) 教師：你的那個交了嗎？

　　　學生：早就交了！

　　　教師：你是交到那裡沒錯吧？

　　　學生：對阿！就那裡阿，不然還哪裡？

　　在一定的語境下，我們在口語上經常使用模糊的語言來溝通，像上面(45)的例子中，教師和學生口中的「那個」可能指的是「錢」，而「那裡」指的可能是「總務處」，這種模糊語言雖然不只是漢人社會獨有的現象，但是在漢語社會裡使用的機率卻比西方社會高出許多。原因在於：在集體性的社會生活之下，我們一般不太把一些關於「個人」權益或「個人」義務等的詞彙說得太明白、不把意思說破，因此造成語法中的某些詞彙或成分必須在這樣模糊的句子中負擔起重大的表意及交際的功能。這就是一種相當柔化的交際模式，是漢人社會裡共有而常見的對話模式。

　　在針對「柔化交際」體現在漢語語法的靈活性作說明之前，我們先來看看，從上一節的集體性特徵，是怎麼發展成含蓄而又保守的「柔化交際」特性。

　　鄧曉明（2004：36-39）曾針對封建對社會帶來的思想禁錮所造成的含蓄現象作說明：「從歷史上看，中國長期受封建政體與儒家思想的禁錮，形成了思想言論不自由的政治環境，人民生活禁忌繁多。民族性格與西方民族的祖露、直率、幽默的特徵相比，則明顯地具有含蓄、內向、保守、穩健等特徵，加之受民族思維方式和古代思想家思維習慣的影響，形成了漢民族崇尚以理節情、『發乎

情，止乎禮義」的民族特性……情感經常處於自我壓抑的狀態中，因此形成了崇尚含蓄、深沉的漢民族共同的心理結構特點。」此外，林秀君（2006：86-88）也認為，不論在社會組織與政治上，個人命運和家族命運相繫連，而神權與王權的至高性更帶來「絕對服從」的觀念，「這些都使漢民族傳統文化心理存在『天人合一』、『知行合一』、『物我合一』等帶有整體觀念色彩的哲學命題，以及尚實、含蓄的表現特徵。反映在語言層面上，就是漢語言的靈活性和寓意性極強，在具體運用中忽略表述的準確而側重表驗的活脫，講究深沉婉轉、含蓄蘊藉。」

　　這樣含蓄而婉轉的特性，使得漢語使用者在交際及溝通時，傾向於向內尋求意義，就在有限而模糊的對話關係之中，向「個人內心」尋求解讀的模式。萬海燕（2001：44-46）曾針對這種向內探求的關係作說明，認為「縱觀中國幾千年的文明史，作為中國封建社會意識形態的核心和指導思想的經學幾乎包括了整個中國古代文化的全部內容……這種濃厚的人文性正與中國人注重向內探求、注重認識自身、完善自身的內向型文化有牢不可分的關係。」漢語使用者這種傾向於經驗綜合型的整體思維，強調的是關係，注重整體的理解和運作，是悠久傳統文化的積澱。

　　要談論漢語中「柔化交際」的現象，最明顯的例子便是從婉曲現象來看。肖華、仇鑫奕（2007：63-67）在針對漢語論述〈模糊語言及其語用功能〉時曾說明，「模糊現象對交際並不形成阻礙，它們的存在一方面由於客觀事物之間本身界線不清晰；另一方面由於具體交際情景的輔助，人們沒有必要說得十分精確。」在說話的時候，我們常為了達到特定交際意圖與目的，有意識地把原本可以

清楚表達的內容用不明確的語言表達出來，這是一種交際策略。其中，所謂「特定的交際意圖」，說明了漢語社會中對這種柔化交際方式的需求，這種模糊的用語看起來似乎是提供了不足的信息量、語意上也看似不明確，但它對漢語使用者來說，其實充分表現出禮節與避諱，表現出漢語社會中由集體生活而來的思維，我們省去或刪略了部分成分，卻獲得在情境中更好、更柔軟的交際模式。

接下來要探討，「柔化交際」在漢語語法中的體現，尤其表現在副詞使用的靈活性上，表達出含蓄、婉轉的語義，也讓對方明白。先看看下面這個例子：

(46)老闆：「貨到了嗎？」

送貨員：「已經在路上了，馬上給您送過去。」

在(46)這個例子中，我們看見送貨員說「已經在路上了」、「馬上」這些模糊的字眼，試圖為自己多爭取一些時間，也許在事實上由於某些因素而根本還沒出貨呢！西方人很難明白「馬上」這個字眼所對應的意思應該是「right away」，不論是語法意義或是深層的語義上，都不應該出現「not right away」的意思。像這樣的用法在漢語中還有很多例子，例如：

(47)你吃吃看，這餃子很好吃的！

(48)蘇芷萱，妳來一下吧！

(49)媽媽：「你去幫我買一點兒糖和醬油。」

兒子：「等一下下，馬上就來！」

　　(47)中所使用的動詞疊字方式、(48)中的副詞「一下」、(49)中的形容詞「一點兒」等，均表達相同的意思，表示一種非不得已不想為難別人的心理狀態，並表示不會佔用對方太多時間、不需要對方花太多力氣就可幫忙做到的事情；甚至(49)中的「一下」還不夠，再將它疊字成為「一下下」，使之產生比「一下」更客氣、更不願麻煩到對方的意思。這些方式尤其是在表達祈使的句子中最常見，用來使語氣稍微和緩一些，這也與上一節所提及的禮貌、謙虛的民族性相關。

　　其他例如我們接受別人稱讚時會謙虛而委婉地回答「哪裡哪裡」而不會直接說「謝謝」，這對西方人來說很難理解也不好翻譯，就像網路上常流傳的一則笑話說：

> 一位外國人見到一位臺灣女生，便稱讚她很漂亮。女生聽了這樣的讚美，害羞地說：「哪裡哪裡？」這名外國人想了想便回答：「Every part!」

　　如果我們不知道這些用語在漢語社會中扮演什麼樣的功能，我們便無法從語法下手去了解語義。對英語人士來說「哪裡」所對應的詞是「where」，是一個疑問詞，且英語句式中也嚴格遵守「問什麼答什麼」的規則，因此當外國人以為別人問到「where（哪裡）」的時候，便很自然地回答出「Every part（每個地方、每個部位）」了！這是漢語這種不嚴格對應問答關係、且又具有多重隱含意義的語言所難以與之對應的。

第三節　縮結人情的結構化

如果說前一節所提到的「柔化交際」指的是漢語語法靈活性的表面功能的話，那麼「縮結人情的結構化」可以說是將「柔化交際」的意圖加以深化，可說是一種深層的功能。在此的「結構」，不只是指漢語社會文化網絡上多元而複雜的結構，在語法網絡上同樣也是多元而複雜的。

這樣的複雜性，可以說從漢語社會的集體性特徵開始發展而來，自古在層層分化的封建制度中卻仍要表現出家國的一體性而造成社會文化網絡的複雜；又在柔化交際的作用之下，漸漸發展成人際關係上的複雜，伴隨而來對應的是我們對於語義結構複雜化的需求。

漢語社會中對話關係與語法採用、以及形式與意義的關係，更因為漢語語法的靈活變化而更加複雜，這種複雜關係，和先前在第三章第一節所提過的「隱含意義」與「語義指向」有關。讓我們再看一次第三章第一節所提過的例句：

(50) a.　子駿就吃了一包餅乾。

　→b.　子駿只吃了一包餅乾。

　→c.　光是子駿一個人就吃了一包餅乾。

前面曾分析過，由於「就」副詞在(50a)「子駿就吃了一包餅乾」這個句子中含有兩種指向的可能性，因而會產生(50b)「子駿只吃了一包餅乾」和(50c)「光是子駿一個人就吃了一包餅乾」兩種意思。當我們好奇到底應該解讀成哪種意思的時候，我們會發現在漢語社

會中，更為普遍的情形是：某說話者在說出(50a)這句話的時候，他可能不是只指涉其中一種意思，反而是兩種意思都有，他可能對某個對象 A 表達的是(50b)的意思，但隱藏在背後的是希望對方解讀出(50c)這個意思。換成真實的語境來說，比方妹妹看見子駿正在吃媽媽昨天買的餅乾，她很想吃但是子駿卻沒讓她吃，當媽媽晚上問兩個人餅乾被誰吃完啦？妹妹回答說「子駿就吃了一包餅乾」，此時，妹妹希望在場的子駿解讀成(50b)「子駿只吃了一包餅乾」的意思，卻暗自希望媽媽能夠聽懂(50c)「光是子駿一個人就吃了一包餅乾」的意思，這就是漢語中經常會出現的現象。我們常把「話中有話」當有趣，不只偶爾使用、更是經常想用這樣的模式製造一些對話的效果，這是一種人情上的複雜關係所造成的複雜語義結構。它不只是一種「委婉」，更是一種「雙關」。

　　針對這種話中有話的隱含意義，鄧曉明（2004：36-39）認為，長期封建制度下的中國，發展出一種「含蓄、內向、保守、穩健、深沉」的特徵，與西方民族的「袒露、直率、幽默」的特徵相對，在漢語中留下了委婉、含蓄的語言烙印，在修辭上則表現為形式多樣的委婉修辭的存在，如「用典、誇飾、雙關、諷諭、留白、藏詞、析字、起興、歇後、回避、折繞」等常見形式。從漢語使用者的審美心理及審美的價值取向上看，因為受到意象性思維、古代文學傳統的推崇以及「距離產生美」的心理學原理的影響，漢民族喜歡追求深邃悠遠的韻味美，使得「言不盡意」成為一種可以追求的對話效果，甚至是「美的」，不只是文學或藝術上，就算是日常對話也是如此。

　　此外，漢語中相當多的詞彙具有文化性的意涵（例如「龍」有吉祥的意味……等），這些具有附加意義的辭彙，更是促使漢語使用者不需要使用複雜的語法就可表達複雜的意義，這對漢語語法的靈活性有推波助瀾的效果。針對這種「文化上的附加意」，馬樹華（2001：4-5）曾在討論〈漢語的文化意蘊〉時，以「民族性」和「隱含性」說明文化反映在語言上的特點，認為漢語「詞義有概念義和附加意之分，概念義是沒有民族性的，但附加意的民族性卻十分明顯。」也因此，「詞的文化附加意皆具有隱含性。」

　　漢語本身發展出許多具有豐富文化意蘊的詞彙、短語、成語、修辭以及其他語法成分等，而這些原本已經具有相當豐富內涵的詞彙、短語、成語、修辭以及其他語法成分，又被語句所吸收，使得漢語在一個語句裡面塞滿許多文化意蘊豐富的成分，這就促使漢語語法在使用上有著變化多端而意合趨簡的形式，且又具有豐富的語義內涵，從而造就了漢語語法的複雜面貌。

　　漢語在詞彙上所表現出複雜的隱含語義最為顯著，馬樹華（2001：4-5）曾說明，「漢族人傳統的思維方式多注重於類比推導，所以語言中有不少凝固的格式以供這種思維和表達之用」。例如：我們把「救人」的「救」拿來創造出「救火」這個詞，表現出救援的深層意義；另外，我們把「養性」的「養」延伸出來，創出「養病」這個詞，具有「培養、使之變好」的意思，這些詞彙的意涵都具有一定的民族性思維。

　　至於在語法方面，在第二節所提過的委婉用法其實就是一種複雜的語法表現。除此之外，本節要從第三章提過的「同義異構」及「同構異義」的部分來加強說明漢語語法在縮結人情上的複雜結構。

在同義異構方面，我在第三章舉過(19)的例子，在此從中抽兩句來看：

(51) a. 子駿吃了餅乾。

b. 餅乾被子駿吃掉了。

(51)中的兩個句子表達的是同樣一件事情，但是二者使用了不同結構：(51a)是「主語＋動詞＋賓語」並在動詞後加上副詞「了」的成分；(51b)使用了「被字句」來表達同樣的意思，並把意義上的受事（餅乾）給提前了。(51a)和(51b)從語法結構上來看當然有所不同，但從表層意義上看來其實就都是「子駿吃餅乾」的簡單意思。然而，倘若當我們仔細推敲兩種句子的使用時機，我們會發現，(51a)的句子似乎比較直述地描述了「子駿吃餅乾」這件事情，而(51b)卻悄悄地含有些許責備的意味，就好像子駿不該把餅乾吃掉一樣。這種細微的語感上的差異，並不是表層結構顯示出來的，我們能說「被」這個字是專門用來表示「責備」意味的語法成分嗎？當然不是，但是(51b)這個句子在語用上卻含有這樣的意思。因此我們在漢語的對話上有時候會故意使用(51b)這樣的句子，表面上好像只是在敘述一件事情，其實背地裡卻含有對子駿的責難。

再從第三章舉過的例子(24)來看另一種同構異義的關係，一樣從中取兩個例子來看：

(52) a. 椅子坐滿了小朋友。

b. 小朋友坐滿了椅子。

　　跟(51)一樣，(52a)和(52b)敘述的是同一件事情，也一樣是「主語＋動詞＋賓語」的語法結構，但是語義上的關係有所不同：(52a)是「受事―動作―施事」的語序，(52b)是「施事―動作―受事」的語序。我們一樣要問，兩個句子敘述同一件事情，難道兩種句子在語用的深層意思完全相同嗎？如果經過仔細推敲，我們一樣會發現，(52b)的句子後面，可能要接上「但是某人沒有位子坐」這樣的意思，但(52a)卻似乎是一個大家都滿意的結果，好像說話者原本就期望椅子被小朋友坐滿一樣。這也是一種語義和語法結構上的複雜關係。

　　另一種同構異義，則是第三章也提過的漢語的動補結構的例子：

(53) 爸爸昨天晚上喝醉，媽媽嚇死了！（「喝醉」為動詞＋結果補語；「嚇死」為動詞＋程度補語）

(54) 余老師匆匆忙忙的跑下樓！（「跑下樓」為動詞＋趨向補語）

(55) 汪老師上課我都聽不懂。（「聽不懂」為動詞＋可能補語）

(56) 他把足球踢到圍牆外了！（「踢到圍牆外」為動詞＋介詞短語補語）

(57) 這報紙上寫得很清楚，這歌手已經過氣了！（「寫得很清楚」為動詞＋情態補語）

(58) 我的梅子綠很好喝，你要不要喝一口？（「喝一口」為動詞＋數量補語）

　　「動詞＋補語」看起來似乎是同一種結構而已，但是由於後面所加的補語種類的不同，而可以表達不同的語義，目前我們將

補語分成「結果補語」、「趨向補語」、「可能補語」、「情態補語」、「程度補語」、「數量補語」、「介詞短語補語」等七種（詳見第三章）。

　　以上這些語法結構和語義之間的複雜關係，已經不同於前兩節所論述的「自謙」或「委婉」，而是在以「自謙」和「委婉」為基底的社會底下發展出的另一種格局，而在人際關係上及語法現象上均呈現出的複雜樣貌。

第四節　詩化升級搏造出文人圈

　　本章最後要談到的是漢語中的「詩化語言」。

　　以社會語言學的觀點來看，漢語的詩化語言可以說是漢語下的一種語言型態，這種語言型態可以說是漢語語法靈活性的一種外延。社會語言學經常關注的話題是，哪一種語言型態在什麼人身上、以及什麼狀況下被使用。所謂「文人圈」的語言，自古就是象徵知識崇高的社會地位的語言，而漢語的「文人圈」所使用的語言型態，正是所謂詩化的語言。這種詩化的語言將漢語語法的靈活性發揮到極致，以最精練而簡省的字句去表達最大的意念；同時許多詩人或文人也為了韻律及意念上的不同內涵，而採用語序更換、詞類轉品等方式，這些靈活性的手法不但不影響我們對這些言語作品的美感與態度，反而更讓我們推崇漢語社會文化的特性在語法上的體現。

　　林秀君（2006：86-87）以近體詩的發展為例，針對漢語詩化升級的觀念，曾提出「詩性的智能」在於「語言的提煉加工」及「語言的變形剪輯」兩種手段。她認為中國詩歌在繼承六朝詩歌追求語言形式美的基礎上，進一步從兩個角度使語言純詩化：一方面是「將生活中的語言提煉加工為富有表現力的藝術語言」；另一方面「將散文中的語言變形剪輯，改造為一種全新的語言，擺脫散文與生俱來的邏輯性和連續性，近體詩的句式結構因而發生了巨大的變化，由規範詞序發展為不囿於常規的獨特藝術形式」。此外，林秀君也綜合王力的看法，認為這種與散文奇異的語法變化是近體詩字數、押韻、對仗等格律要求制約的結果。

　　詩化的語言既然注重變化的形式，在語言的使用上就必須擺脫以往的目的與結構，將漢語的靈活性加以發揮，除了「對語言進行最大限度的濃縮」以外，並「自覺地切割文法」，使句構上更為活潑、更有「欲斷還連、欲連還斷」的形態，並力求豐富飽滿的意涵，展現漢語的彈性及張力。

　　此外，詩化的語言含有「簡短凝練」的精練特性，將語法標誌儘量予以簡化省去，並且也不拘泥於一般語法的規則。中國古典詩歌與西方詩歌比較起來，顯得簡短凝練並且特別重視藝術中的情感表現功能，注重「以簡練的語言拓開廣闊深邃的藝術空間，使有限的語言形式展示出博大的藝術境界」。因此，漢語的詩性語言強調含蓄，認為含蓄才有詩意，並意味著深厚和豐富、以有限反映無限，就是所謂的「片言明百意」，達到「言有盡而意無窮」、「不著一字、盡得風流」的美感與彈性、意合的句式特徵，這就是漢語語法的靈活性的最大體現。

　　因此，詩化的語言才得以展現出彈性的風貌。漢語語法在形式和功能上的彈性及簡約的特徵，促使詩化的語言更加傳神與寫意，使得詩化語言在發展過程中反映了知識分子對語言的認知與對人生及美學的追求，也反映了漢民族思維模式和審美價值取向。

　　當語言的彈性與精練發揮到極致，便會留下許多想像與留白的空間，這正是詩化語言最美的功能。林秀君（2006：86-87）對此加以說明，「密集的意象強化了詩歌重疊的畫境，給讀者留下藝術想像的空白，產生曠遠朦朧的美學效應，各種動詞的省略，提高意象的視覺性、獨立性，詩的玩味空間也大大增強；各種虛詞的省略，不僅使詩語充滿婉轉屈伸的靈動之美，且擺脫了邏輯練詞的限制定位，使詩呈現出一種渾然直觀的境象；詞語的活用，錘鍊了『詩眼』，變得意由神來，把詩歌語言的潛能發揮到極致……句式的靈活性，是我國一慣崇尚的講究『深文隱蔚、餘味曲包』的傳統文風的反映，也是傳統思維模式在文學層面上的折射。」

　　要說明詩化語言的例子，漢語中的詞彙或修辭有很多是從詩化的方式而來，例如成語和典故。馬樹華（2001：4-5）針對漢語的成語說明，「在漢語詞彙裡有一種特殊形式──成語……可以說是語言的精華，是『濃縮的文化』，多數成語都具有鮮明的民族特點和文化意蘊。」吳土艮（2002：46-51）則針對漢語中的典故用法作說明：「漢語典故常把古代神話傳說或歷史故事壓縮概括成為一個短句，更常見的是短語甚至一個能體現典源特點又能標識典故主要內涵的代表詞，從而形成種種變體，表現出運用靈活、形體多變甚至意義交錯複雜的狀況。」從兩位學者的說明中，我們都可發現到，不論是成語或是用典，都是一種「濃縮」、「精練」的語言，也就是一種詩化的語言。例如：「立竿

見影」、「節外生枝」等成語，雖然字數簡短，卻同時含有完整的語法結構，又包含著文化上的隱含義，這就是一種濃縮而精練的表現；另外，如「精衛填海」、「鯤鵬展翅」等典故，也是在簡練的字句中隱含了整個故事性及隱喻義，這些都是漢語詩化語言特別的現象。

　　除了成語和典故以外，我們還是要從語法來看這種詩化語言的體現，林秀君（2006:86-87）認為，詩化的語言需要一種「詩性的智能」，而這種詩性的智能表現在四種層面：

　　(一) 詞的變性活用；

　　(二) 詞語的異常搭配；

　　(三) 語法鏈詞的省略；

　　(四) 詞序的移位。

　　其中，除了第二點「詞語的異常搭配」是屬於詞彙意義的範疇以外，其他「詞的變性活用」、「語法鏈詞的省略」、「詞序的移位」等三點，都是屬於漢語語法靈活性的範疇。

　　「詞的變性活用」指的是漢語在詞類上的活用，說話者將自己本身的感受，透過詞類的變化展現出一種動態的效果。例如史晶晶的〈女人看自己〉（引自孟樊，1998：310）一詩：中將「閃電」一詞由名詞轉品為動詞：

　　(59) 一次預期的／流血／頭痛／腳跟倒有？／火焰在內部
　　　　／燃燒／閃電……

再如王安石（1988）〈泊船瓜洲〉中將「綠」活用為動詞：

　　(60) 春風又綠江南岸／明月何時照我還

再來「語法鍵詞的省略」使得詩性的語言呈現更為精練的效果，也體現出漢語語法的靈活性。例如杜甫（1966）〈登岳陽樓〉中，沒有加上任何的連詞，但閱讀前後文則可知有因果的意思：

(61) 吳楚東南坼，乾坤日夜浮。

最後是詞序的移位，例如楊喚的（1985）〈年〉：

(62) 又向前跨了一步，這蒼白的歲月。

這個句子實際上是「這蒼白的歲月又向前跨了一步」，但作者為了行文的語氣將語序倒置，除了呈現錯置的美感，更將「這蒼白的歲月」從詞組的地位獨立成一個分句加以強調。

在詩化語言發展之初，這四種詩性的智能是屬於漢語語法靈活性的一種「變形」。也就是說，它們是可以還原的，姑且不論還原後美感的表現如何，至少我們知道，這些變形是有跡可循的。

詩性智能的思維在詩化的語言中發展的極致，有時已經成為獨立的詩化手段，甚至已經無從「還原」起。例如夏宇（引自孟樊1998：318）〈除了失戀〉：

(63) 打算／再給你一點愛情／消息今日我／乾淨得像個鬼
　　／或者類似頂天立地的雕像看／季節在海岸檢點浮屍

(63)的例子除了使用倒裝，更加入許多耐人尋味的留白空間，這樣的詩化語言除了完全運用林秀君所謂的四種詩性智能以外，更完全體現漢語語法的各種靈活性。也因為漢語語法具有高度的靈活性，才使得詩化語言有更好的發揮和發展。

　　就像本節一開始所說，詩化升級的語言是漢語的一種語言型態。以社會語言學的角度來說，它最初使用的範圍在於文人圈的文學作品，或是試圖打入文人圈的人們所使用的文學性語言，但是就如同邢福義（2000：297）所說的「有很多語言表達手段就是在文學的發展過程中形成的」。在漢語數千年的語言發展之下，到今天的漢語社會中，這種詩化的語言已經不再只限於文人使用，它達成一種新的交際效果，讓對話的格調提升、或是讓對話的內容更引人入勝……等等，對現代人來說，詩化的語言可以說是以精練語言型態加強說話效率的一種方式。

第六章　漢語語法靈活性的文化功能

　　從前一章的四節中可以發現，要談論漢語語法的社會功能時，雖然選擇了四個項目來作闡述，但是很難將四個章節完全切割。這是因為社會本身就是一個連續的變體，在這個連續變體當中的各個部分，彼此都具有強烈的關連性，很難明確將各部分切割，因此不論是「情境生成的集體性特徵」、「柔化交際的憑藉」、「縮節人情的結構化」、或是「詩化升級搏造出文人圈」，彼此都是息息相關的。而這樣的狀況也發生在本章所要探討的「文化功能」中，文化同樣是涵攝了人類行為的各層面，因此各個部分一定有高度相關而難以切分。

　　語法能體現出文化的功能性在前幾章節提到很多，就像學者萬海燕（2001：44-46）曾綜合 Edward Sapir 的說法提出自己的見解所說：「語言背後是有東西的，而且語言不能脫離文化而存在……文化之間的差異、文化發展的軌跡不可避免地會在語言中劃下痕跡，文化對語言的制約，至少有兩個方面：表達方式、範圍；而語言也時時刻刻忠實地折射著文化內涵。」所以，我們可以說，語法在表層探求語義時，為我們提供了溝通所需的意義，但倘若往深層去探究，則會發現語法的發展必定與社會甚至文化的思維有關。

前一章我探討了漢語語法靈活性的社會功能，從文化的「行動系統」上溯到「規範系統」，來探討漢語語法和漢語社會的關係，並說明漢語語法靈活性的社會性成因及其在社會上的體現。

在本章「漢語語法靈活性的文化功能」中，我要再從文化的「規範系統」上溯到「觀念系統」甚至是「終極信仰」，來探討漢語語法靈活性的文化性成因及其在文化上的體現。

在此分為四個部分加以論述，分別是「氣化觀的羅致寄寓」、「圖像思維的具體展現」、「彈性諧美的真實演出」、「規範出位的見證」。

第一節　氣化觀的羅致寄寓

漢語語法的靈活性，具有一種意念上「意合」的特性，漢語使用者將語法與行文視為一種意念、一股「氣」的表達，就是我們所謂的「文氣」，它不只是文學範疇所談論的，在漢語語法的研究範疇中同樣也體現出這種靈活而悠然的特性。

談到這種意合性的、「氣」的表達，就得要討論漢語社會對「氣」的觀念。氣化觀是漢語言社會的世界觀，周慶華（2007:185）提到「它的相關知識的建構，根源於建構者相信宇宙萬物為自然氣化而成，如中國傳統儒道義理的構設和衍化（儒家／儒教注重在集體秩序的經營；道家／道教注重在個體生命的安頓，彼此略有『進路』上的差別）正是如此。」

　　「氣」這個詞對漢語使用者來說有多種意義，就該字本身最初的意義，指的是雲氣，及那些可見、或可感受的氣體（如煙氣、霧氣等），是一個具象概念或實體概念，我們可以說它原本是「有形之氣」。《說文解字》中說：『氣，雲氣也，象形。』（段玉裁，1979:20）並且從有形的雲氣，引申出天氣、氣候、氣象等用法。

　　隨著漫長的語言及文化發展，「氣」這個詞慢慢地衍生出更多的涵義。如同學者李生信（2008:188-190）所說，「『氣』的意義變化，和漢語詞彙的一般演變規律一樣，也經歷了由具體到抽象、由實到虛這樣一個演變過程……『氣』由具體的物質形態轉化為無色、無形之物，進而轉化為精神狀態。」而漢語使用者對這些不同的「氣」，不論是有形或無形的氣、實體的或精神的氣，在觀念上其實是混同的，因為它們都指向一種形而上的觀念，如同李文華（2007:98、101）所說的「不再以物化的實體所侷限，既有精神的方面，又有物質的方面，但是人們是將這些概念混為一體的……『氣』在精神域的投射……共同點是形而上、觀念性的，不是可以觀察得到、摸得著的。」

　　但是為什麼「氣」的觀念會在漢語使用者的文化中奠基，變成一種漢語社會對宇宙萬物起源的至高觀念？簡單的說，為什麼我們的宇宙觀是「氣體」而不是「木頭」、也不是「河流」……等？這就和漢語社會的學統中所討論的「氣」有關了。

　　趙倩（2003:63-66）說明：「氣概念發展大抵上有兩條線索：一是從雲氣引申為凡氣之屬，再生發為自然物質始基，上升為哲學概念；二是從呼吸引申為氣血觀，生發出氣質論，上升為人的精神稟賦。而這兩條線索也不是孤立的，而是相互影響，彼此交叉的，是一個統一的整體，不能分割開來。」

因此，我們從趙倩所提的兩條線索來看，一是「哲學觀念」，二是「氣質論」。

在「哲學觀念」方面，郭莉萍（2000:110-112）曾以《國語‧周語》中所記載西周末年太史伯陽父對地震的解釋來說明：「『夫天地之氣，不失其序，若過其序，民亂之野。陽伏而不能出，陰迫而不能蒸，於是有地震。』這裡的『天地之氣』指陰陽二氣……這標誌著具有哲學意義『氣』的範疇的產生，『氣』也由日常詞語變成了哲學術語，成了文化符號。」因此，「氣」的範疇就從具體意義擴展引申了出去。

說到「氣」在漢語社會中的哲學觀念，老莊哲學中的「氣」更是對漢語社會具有很大的影響，李生信（2008:188-190）針對老莊哲學中的「氣」說明：「在莊子的思想中，『氣』是『道』的下屬概念。莊子『氣』的思想觀念來源於老子『道』的學說，《老子》四十二章認為，『道生一，一生二，二生三，三生萬物。萬物負陰而抱陽，充氣以為和。』『道生一』的『一』顯然指的就是『氣』。可見『道』是『氣』產生的基礎。」趙倩（2003:63-66）針對這段話說明：「這是道家的宇宙生成體系，一是元氣，二是陰陽，三是陰陽相和，即『沖氣以為和』」。從老莊的哲學我們可以看出，「氣」是生於「道」，「道」是宇宙的根本，「氣」則是最先生出的東西，並由此「氣」生出萬物，所以要把漢語社會的「氣化觀」說成是「道化觀」，其實也是相通的。至此，「氣」的觀念思想就貫通於整個漢語社會的文化體系之中，成為萬物的形成、發展、及變化的呈現，它超越自然而實質的形態，並成為漢語社會的宇宙本體和萬物本源。因此，「氣」的神祕、混沌、不可言說的意合特質、重本源輕

形式等特性，就被廣泛地應用在日常社會活動和各領域，當然文學和語言學也都不例外。

隨著氣化觀而來的漢語使用者，在道生萬物的觀念之下，對自然界的事物則有天人合一、效法自然的傾向，馮杰（1999：40-41）曾說明：「『天人合一』的觀念與自然經濟和家國一體的社會組織形式等相互作用，相互影響，形成了漢族人崇倫理、尚簡樸的人生觀。這種簡樸實用的人生觀造就了漢語語法形式簡約性的特色。在漢語中不僅主語、賓語是可以省略，修飾語中心詞也可以省略，有時謂語動詞也可以省略。」例如：

(64) 王大明小偷！

(65) 差點沒撞到牆！

(64)這個句子是「王大明（是）小偷」的意思，(65)這個句子則是「差點（撞到牆），（結果）沒撞到牆」的意思，這些語法上的靈活性是漢語靈活的現象。

漢語社會中注重天人合一的一體之氣，重視悟性與直觀、綜合而整體、內在與外在合一、主客觀合一的觀念，也體現在漢語中具有「從整體到細節」、「由大到小」的觀念。例如講時間的時候次序是年、月、日、時，說地址的時候則是依國、省市、縣區、街道、室號等。在語法中的「修飾」關係也同樣具有「從整體到細節」、「由遠到近」的特性，例如：

(66) a. 坐在客廳沙發上那個長頭髮的女孩。

　　 b. the long-haired girl on the sofa in the living room.

（66）的兩個句子體現出中英對於修飾關係上的不同觀念，對於「女孩」這個名詞，(66a)的漢語中從整體先說「客廳」、再說「客廳的沙發上」、再說「長頭髮的」；而英文則是把最貼近 girl 本身特性的 long-haired 放在前面，後面依次以小地方（on the sofa）到大地方（in the living room）當作後置的修飾語。

　　至於「氣質論」中的「氣」，便是漢人由呼吸的狀態感受出的一種延伸，它同樣和哲學觀的「氣」有相通的本質，對宇宙來說，「氣」是萬物本源，對人體來說，「氣」是生命之源，如：氣息、屏氣、岔氣、喘氣等；更是一個人的精神本源，如氣派、氣度、志氣、銳氣等。趙倩（2003:63-66）說明：「將『氣』作為一種精神狀態，早在《孟子·公孫丑》中的『我知言，我善養吾浩然之氣。』就提出來了。這種依託主觀而存在的『氣』便不僅僅是物質始基，而且和道德人格聯繫在一起。從孟子開始，這種與人的精神意志合為一體的氣成為意識形態範疇內的東西。」於是「氣」就從實體的氣、宇宙的哲學觀、人的生命本質等，一路發展到人們的精神和道德領域；而文學和語言上，更常用「氣」來說明語言作品中作者所呈現出來的才性及氣質，如：文氣、才氣等。

　　因此，從氣化觀而來的「文氣」觀念，便深深影響漢語使用者對語言的使用認知。漢語使用者對「文氣」連貫的思考，並不以形式作為語義通順的唯一手段，而是把「氣」當作語義和形式連接的手段。楊啟光（1994：130-138）便對漢語使用者這種氣化的意合性思考說明：「漢語不具西方語言意義上的型態，但卻富於韻律的遣詞造句成章，正如清人張裕釗在《答吳摯甫書》中所說：『文以意為主，而詞欲能副其意，氣欲能舉其辭。』這就是說，漢民族是以『氣』

作為把『意』和『辭』組成文句的手段。這種以『氣』造『言』的方法絕非消極地將詞語填入到千篇一律的 NP＋VP 模式中，而是根據表意需要，充分利用語境、情景以及交際雙方背景知識所構成的語義場，按照漢民族的時序、理序習慣，踩著抑揚頓挫的節拍，順著語流向前鋪陳詞語（詞或短語），意盡為句，積句成章。」

　　也就是說，形式上的字詞倘若能夠以「氣」來代替的話，則這些不必要的字詞就不會出現在文句中；同樣地，形式上太過複雜的需求，如果能夠以「氣」來統攝的話，則任何形式都可以納入說話行文之中。如同楊啟光（1994：130-138）進一步的說明：「漢民族所著力的是文辭之『神』，這就是清人劉大櫆在其《論文偶記》中所強調的：『行文之道，神為主，氣為輔。文章最要氣盛，然無神之主，則氣無所附，蕩乎不知其所歸也。神者氣之主，氣者神之用。』所謂『神』，以漢民族的思維方式和語言心理觀照之，就文句而言，及氣韻句法的結構形成與活參頓悟的表意功能有機結合的最高體現，是主觀思想感情與客觀景物事實交融而成的形象或底蘊之意境在文句中的昇華。因此，『神』不僅是『氣』而且是『意』和『辭』的最高統帥，它統攝著漢語一線行進著的『意』、『辭』、『氣』三合一的建構之法，這就是中國文化語言學所說的神攝，即以神役法。」

　　所以氣化觀型文化體現在漢語語法中，以靈活的特性呈現，並且以能清楚表達語義重心和順暢地連接前後句（而非「標準化地連接」）為原則，讓整體的語句呈現一股氣流，在說話者及聽話者的理解中穿梭。例如：以語句的話題中心來看，我們可以隨著說話者的需求把話題焦點放在前、中、後的位置。例如南一六上國語第四課〈處處都是美〉中有個句子：

(67) a. 原來美無所不在！創意的壁畫是美，精緻的雕塑是
美，和諧愉快的人們也是美；一首好聽的歌，一場精
采的表演，一個愉快的好心情，處處都是美。（引自
南一書局股份有限公司，2006:33）

b. 創意的壁畫是美，精緻的雕塑是美，和諧愉快的人們
也是美；一首好聽的歌，一場精采的表演，一個愉快
的好心情，處處都是美。原來美無所不在！

c. 創意的壁畫是美，精緻的雕塑是美，和諧愉快的人們
也是美，原來美無所不在！一首好聽的歌，一場精采
的表演，一個愉快的好心情，處處都是美。

在(67)的三個句子中，「原來美無所不在！」這句話是話題的焦點，
我們可以選擇像(67a)一樣將焦點放在前面，也可以像(67b)一樣將
焦點放在後面，當然也可以像(67c)一樣將焦點放在句中，並且我們
也發現，(67a)(67b)(67c)這三個句子在銜接上幾乎完全沒有添加任
何語詞或連接成分，只將語序改變，「氣」便油然而生。甚至有時
候我們不鎖定任何說話的焦點，只讓語義在某種順序中流洩出來。
例如南一六上國語第九課〈除夢踏實〉中的句子：

(68) 他用嚴謹的態度編輯科普書籍與雜誌，在電臺主持通俗
科學節目，同時開設科幻課程，架設科幻網站，翻譯科
幻小說，引導兒童和青少年開拓想像的空間，擴展心靈
的視野。（引自南一書局股份有限公司，2006:63）

在(68)這個段落（甚至可說是漫長的複句）中，可以說沒有明顯的
語義中心，但從語義背後，聽話者或讀者便可自行理解其中隱含的

主題，可能是在說明「他」近來做的事情、或是「他」對科學推廣的貢獻。

此外，漢語語法的靈活性並非毫無規則可循，體現在許多修辭中，都有它特定的需求，正如曹曉宏（2007:39）所說的「所謂語義重心的明晰和前後銜接的自如，僅僅是基本的原則要求而已。在具體的言語表達實踐中，語體的多樣性、表現內容的豐富性和主體情致的複雜性等因素，都決定了話語組織方式的靈活性以及個性特徵。當然，這許多的方式中，也並非毫無規律和共性可言。具體講，為了增強語勢、融貫語義，除了前面論列的凸顯語義重心和銜接前後片段以外，人們通常採用的，還有排比、排偶、蟬聯、流水對、迭現、拈連、窮舉等一些修辭手段。」

第二節　圖像思維的具體展現

從前一節談到漢語使用者的氣化觀型文化開始，我們不難發現，這種氣化觀衍生出來的各種特性，不論是道生萬物的觀念、天人合一及效法自然的觀念、哲學觀或氣質論方面等，都徹底影響漢人文化的方方面面。

漢人所使用的語言同樣也受到氣化觀的影響，打從漢字開始就具有氣化觀型文化的特質。漢字以從自然界接收到的視覺以及反應在心裡的心理感知作為基礎的樣貌，而呈現出漢字強烈的表義特性。黃永紅、岳立靜（1996：70-72）認為「漢字的產生和發展就

是植根於漢民族的整體思維方式和實務性格的豐厚土壤中的。可以說整體性的思維決定了漢字從象形字、指示字到會意字，乃至形聲字，都沒能超出表意的框框；同時務實的性格又影響著它由單純的表意形式向表意兼表音的形式而發展。兩股力量的作用，使漢字快速而井然地發展起來。」

　　每個漢字的形體有其意義及讀音，以其形體來表音、也以其形體來表義，語義和語音之間，必須透過形體來連結。也就是說，漢字與其意義有直接關聯、漢字與其讀音也有直接關聯，然而漢字的意義及讀音二者之間，並沒有直接的連結性，可以說是透過形體取得間接的連結。我在第三章曾引用過林華東（1995b：22）的「漢字的三維結構圖」：

圖 3-1-1　「漢字的三維結構」圖（資料來源：林華東，1995b:22）

　　林華東（1995b：22-24）在解釋漢字的形音義之間的關係時，說明「漢字作為表意文字是直接記義的，他在記音方面不甚明顯……在漢語圈中，同一漢字在不同方言區可以讀不同音而在意義的理解上卻又是相同的……由於漢字的表義性功能是體現在形音義一體化上，因此可以說每一個漢字基本上都是音義的結合體，這與語素是音義結合體這一特點是相吻合的。」李魯平（2008：132-135）也針對漢字造字的特性說明：「漢字字體起源於繪畫是一

個不爭的事實。尤其是象形、指事、會意三種文字，其字型可以產生『識而察義』的效果……漢字由筆畫及偏旁構成，這些筆畫佔偏旁主要用於表義……漢字歷經數千年的演變，字體用於示物、記事的特點始終沒變，字形直接用於表義，傳遞或表達某個相對具體的語言信息，我們不但可以直接通過字形解讀字義，還可以通過字形了解遠古文化……如今漢字的字形依然帶有表義為主的文化特點，即便是新造的漢字也把表義放在首位，雖然有表音符號出現，卻仍然採用『字符』式組合，以意象為主的表義符號傳遞語義，以特指表音符號標出語音，成就了漢字獨特的靈活多變的組合語言的能力，構成漢語文字特有的表義文化。」以上兩位學者的研究，都說明了漢字明顯的表義特性，它雖然也表音，但是卻無法從音去表義，而必須從形去表義，這正是漢字的圖像思維。

　　上述所說漢字的圖像思維特性，只談及了表層可以從字形觀察其意義。然而，這「意義」並非全部都是直接象形的文字，在字體的深層面，具有更多的「指事」內涵。也就是說，漢字所表達的「意義」，不僅是從表面看到的形象，而是更深刻地表現出漢語使用者心中對事物的「感知」，人們將自己對事物的感知投射在造字上，就像林秀君（2006：87）所說的「漢字的物質基礎及其方塊形體雖然是以象形為基礎的，但漢字本質上卻是表意文字，它的形象特徵是一種『表現性』而非『再現性』的藝術特性，它的象形表義不是事物的寫實描繪，而是用對事物本質的抽象概括來反應人的主體感知，每一個漢字都是一個『感於內而發於外』的心理意象，一種客體和主體的交接渾融物。這種構成體現了主體對客體的感知、體驗和選擇。因此，不論是由形狀描摹到神悟意會，還是由表層圖像到

深層韻味，漢語言文字的單元內涵都比印歐語的單元內涵更為豐贍，這極大地擴大了漢字對語言的表達容量。」因此我們可以說，漢字的圖像思維，並不只是對具象事物的繪形，更是由具象世界深化到內心再反芻出來的一種深化紀錄，因此漢字才具有如此高的表達容量。

也由於漢字對語言的表達容量高，促成以字為基礎擴展的詞法、語法等，均承襲了漢字特性的延伸。也就是說，漢字的「表義性」和「感於內而發於外」的意合性，正提供了詞法和語法也同樣具有表義性與意合性的本質。

在此從漢字對詞法的影響來看，林華東（1995b：23）認為「由於漢字的表義性，使得現代漢語雙音節詞在表達中既可選擇單字（單音節）形式也可選擇複字（雙音節）形式，從而有效地調節了語言的節奏，使句子的結構勻稱、音節配合和諧。」這段話意思是說，漢語使用者在使用語詞的時候，可以根據說話者的需求隨時將一個複音節的詞彙透過拆解或合併而使用在主觀認為適當的時機。例如：「房間」可以拆成「房」與「間」，各自搭配使用成為「冷氣房」、「機房」、「洗手間」……等；又如：「學校」可以只說「校」、「彩色」可以只說「彩」、「時候」可以只說「時」……等。這不僅對漢語語法的靈活性有所助益，也支持漢語在語言形式的彈性諧美，後者將在下一節作說明。

漢字對於構詞構句的靈活性，也可從我們閱讀理解的角度來看，學習漢語的人幾乎認得了字就能夠閱讀，這是由於漢字的形式與意義具有很大的關連性。林華東（1995b：22-24）曾說：「傳統的語文教學被稱作『讀書識字』……關鍵在於識字就能讀書

上……漢語語句構造是依賴語義勾連起來的。我們只要從掌握漢字的字形入手，了解了一個個漢字的音也就懂得一個個漢字的義，同時從這些串聯成句的字義中又可領會出句義、文義。」這段話也正說明了，漢字的表義性和語義的容量，支持了漢語語法的表義性和靈活性。此外，漢字的「塊狀整體認知」也支持了漢語語法的意合的整體認知。更明確的說，漢字不只是「支持」漢語語法意合的整體認知，更是「強制」漢語語法必得走上意合性的道路。就像林華東（1995b：23）所說的「漢字具有知音解義的特點，這種特點有利地支持了漢語語法的彈性特徵，漢語語法表達中的重意義支點、輕形式配件，在很大程度上依賴於漢字的這種表義特徵。句子中的語詞彈性現象主要地體現在漢字上。漢字的塊狀和可拼合性為漢語語法的『隨表達意圖穿插開合，隨修辭語境增省顯隱』和以意義支點為中心的表達意識提供了豐厚條件。」另一位學者李魯平（2008：132-135）則從「字類」的角度來說明和字對漢語語法的作用，認為「漢字不僅是用來構句、行文的語言單位，其字體結構更具表形、達意、通音的特點。」而「《馬氏文通》主要以研究和分類『字義』為主，他把『字類』作為構句的基本語言單位……『字類』這個概念的提出預示著人們對語言內部結構規律的認知，屬於語法研究範疇。」並且「字是語言中有理據性的最小結構單位，始終頑強地堅持它的表義性，因而以此為基礎而形成的語法只能是語義句法。它的生成機制是以核心字為基礎，通過向心、離心兩種結構形式逐層推廣，形成各級字組……漢字最為凸出的特點是它的表義性，大多數漢字都具有一個相對獨立的內涵和發散式的外延。」以上兩位學者的研

究，都說明並證實了漢語語法的意合特性可說是漢字的表義性和意合性的外延。

在第三章我曾提過漢語語法靈活性中「無須型態變化的多功能詞語」的現象，在此以此分成兩個項目來強化說明漢字對漢語語法特性的約束及支持：其一是「跨詞類使用無須形態標記」的現象；其二是「不同時態和語態無須形態標記」的現象。

首先，先以漢語中經常跨詞類、或可說是轉品的語法現象來說明，漢語中經常使用相同的詞彙作為不同的詞類來使用。例如：

(69) a. 她的漂亮不及妳。

     b. 把這事情做漂亮。

     c. 漂亮一下！

     d. 那女孩好漂亮。

在(69)中有四個句子，每個句子都包含了「漂亮」兩個字，我們可以發現：(69a)中的「漂亮」是作名詞用，(69b)的「漂亮」是作副詞用，(69c)的「漂亮」是作動詞用，而(69d)的「漂亮」是作形容詞用。為何同樣「漂亮」一個詞能夠當作不一樣的詞類來使用？這與漢語使用者對「概念」的用途認知有關，剛才我解說過漢字的圖像思維，說明了漢語使用者對漢字的創造是「感於內而發於外」的內在感知記錄，這現象也同樣發生在漢語對語詞的創造上。對漢語使用者來說，一個漢字代表一個感於內而發於外的「概念」，同樣的一個漢語的語詞也代表一個感於內而發於外的「概念」。所以漢語使用者在思考「漂亮」這個辭彙的時候，並不把它當成一個「東西（名詞）」、也不把它當成一個「動作（動詞）」、或不把它當作一

個「狀態（形容詞或副詞）」，而是把它當成一個「概念」。從「概念」的角度出發來思考「漂亮」這個語詞，因而「漂亮」這個「概念」可以是一個「東西（名詞）」、可以是一個「動作（動詞）」、也可以是一個「狀態（形容詞或副詞）」。這種對「概念」從內到外的整體性認知，正是漢語使用者的詞類思維。由於不論是「東西」、「動作」、或「狀態」，全都是同一個「概念」，並無不同，因此漢語使用者自然認為不需要將「漂亮」這個詞彙作任何變化就可以當作名詞、動詞、形容詞、副詞等不同詞類來使用了。因此，我們可以說，「跨詞類使用無須形態標記」的漢語語法靈活性現象，就是由於漢語使用者對詞類的認知在於「對意義整體性的掌握」。

另一個現象是，漢語使用者使用動詞時，並不特別使用時態和語態上的標記。例如我在第三章舉過了例子：

(70) a. 教室坐滿了小朋友。

b. 小朋友坐滿了教室。

(71) 昨天我吃饅頭，今天仍然吃饅頭，明天還要吃饅頭呢！

在(70)的例子中，兩個句子的「坐滿」分別表示動詞的主動及被動關係，(70a)是被動、(70b)是主動，但是兩個句子的「坐滿」並沒有形態上的變化。而(71)這個句子中有三個分句，三個分句中均包含「吃」這個動詞發生的不同時間，但是三個分句中的「吃」並沒有形態上的差別。這樣的現象其實就如剛才在(69)例中說明過的意義相同，漢語使用者對漢字或語詞的創造均是「感於內而發於外」的內在感知記錄，一個語詞代表一個感於內而發於外的「概念」。因此，漢語使用者在思考「坐」這樣一個概念時，並不認為「教室

中的『坐』和「小朋友來『坐』」有何不同，它們都是同一個動作，甚至說是同一個概念，因此並不需要特別區分形態；而「吃」這個概念也相同，「昨天吃」、「今天吃」和「明天吃」三個動作並沒有差異、沒有呈現不同樣貌，因此也就不需要去區分不同形態了。

　　至於談到(70)的例子我們會聯想到，為什麼漢語中有時候使用被字句？例如：

(72) a. 子駿吃掉了餅乾。

　　　b. 餅乾被子駿吃掉了。

(72b)中使用了被字句而(72a)是主動句，這和第三章提過的「主觀變換的語詞順序」以及「話題先行的補充說明」有關。我們將話題放在前面，以強調討論的主角，(72a)所討論的主角是「子駿」，而(72b)所討論的主角是「餅乾」。使用被字句所產生的氣流和主動句所產生的氣流必定有所不同，對具有圖像思維的漢語使用者來說，(72a)在腦中呈現的必定是以「子駿」為主角的畫面，(72b)則是以「餅乾」為主角的畫面。

第三節　彈性諧美的真實演出

　　「彈性諧美」是承襲前兩節「氣化觀型」的文化以及「圖像思維」的語言使用而來。漢人社會對「美」的感受向來與西方社會不同，西方社會重視個人風格的展現、重視細節的描繪，漢語社會重

視意象美、和諧美、境界美，而由境界而生的韻律，也是漢語使用者所重視的。

　　這種諧美的觀念體現在語法中，使我們認為一個好的句子是由於表達出意境而不只是因為結構完整。本節要分別以「意象上的境界美」以及「漢語語法靈活的節奏性」兩個部分來作說明。

　　首先，先來談「意象上的境界美」。在第四章第四節，我曾提過林秀君（2006:86-87）所說的「詩性的智能」，她認為詩性的智能表現在四種層面，分別是：詞的變性活用、詞語的異常搭配、語法鏈詞的省略、和詞序的移位。這種詩性的智能可以說是詩性語言發揮時所必須要具備的手段，這體現出的是漢語語法「形式」上的靈活特性。而漢語語法還有一個重要的靈活性，是表現在「意義」上的靈活特性，此則必須要搭配本章第一節所提的氣化觀型思維來看。在第一節中，我曾針對漢語語法在語句中所呈現的氣流作說明，漢語的語句以能清楚表達語義重心和順暢地連接前後句（而非「標準化地連接」）為原則，讓整體的語句呈現一股氣流，在說話者及聽話者的理解中穿梭。這樣的「氣流」使得漢語對於具象畫面或是心理畫面的描述具有極強的功能性。因此，我們說漢語對於呈現視覺是很方便的，一點也不為過。林秀君（2006：87）曾針對漢語特性能幫助創造出詩性的美感作說明，認為「由於歷代文化心理的積澱，漢字的特性特質在漢民族的文化圈中潛意識地瀰漫開來，在不知不覺中給人以詩的含蓄、韻的渾融、氣的氤氳……這種視覺的形象性和表意的抒情性緊密結合的文字特徵，能讓詩人的主體意識輕鬆地凌駕於語言形式之上，運用特有的詩性語言創造出別樣的藝術美。」而孫潤（2004:23-27）也認為「漢語句子組織所以能夠

採取流動鋪排的短語的形式，同漢語語詞單位的彈性也有很大的關係。漢語的語素具有單音節性，音節結構較為簡單。為了避免語素同音，也為了適應上下文語言節奏和修辭協調性的要求，單音節的語素往往自行衍變或與其他語素複合而成雙音節的語詞。這種由單到雙的分合伸縮無一定之規則，有常有變，隨上下文的聲氣、邏輯環境而加以自由運用。」

　　由以上兩位學者的說明，我們可以知道，漢字的表義特性結合漢語語法的靈活性以後，能夠使漢語的文句呈現出具有視覺效果的美感，也為漢語的彈性諧美提供了良好的憑藉。例如馬致遠的〈天淨沙・秋思〉：

(73)「枯藤老樹昏鴉／小橋流水人家／古道西風瘦馬／夕陽西下／斷腸人在天涯」（引自梁艷，2002：195）

(73)這段散曲，以大量的名詞堆疊出一種氣流的意象，而沒有銜接成分上的考量，這正是漢語語法的靈活性所能提供的特點，以支持漢語語法中的「氣」和意合性。再如白先勇在〈遊園驚夢〉中描述的一段驚夢：

(74) 就在那一刻，滎殘生——就在那一刻，她坐到她身邊，一身大金大紅的，就在那一刻，那兩張醉紅的面孔漸漸的湊攏在一起，就在那一刻，我看到了他們的眼睛：他的眼睛，他的眼睛。完了，我知道，就在那一刻，除問天——（吳師傅，我的嗓子。）完了，我的喉嚨，摸摸我的喉嚨，在發抖嗎？完了，在發抖嗎？完了，在發抖

> 嗎？天——（吳師傅，我唱不出來了。）天——完了，
> 榮華富貴——可是我只活過一次，——冤孽、冤孽、冤
> 孽——天——（吳師傅，我的嗓子。）——就在那一刻，
> 就在那一刻，啞掉了——天——天——天——（白先
> 勇，2004:287）

(74)中的例子很生動而忠實地呈現出一種心理意識的氣流，雖然這種文學性的手法在西方世界也有，但仔細看(74)的例子，幾乎只用了一個「可是」作為轉折性的連接成分，而且是為了語氣轉折的必要所加。但倘若換成英語這種重視形式與連接的語言，可能就得要在每一小句前煞風景地加上 and、but、therefore……這種語法性質的連接詞，對漢語使用者一向以意念鋪陳的習慣來說，某些時候、某種程度上是會造成閱讀或聽話上的干擾。

　　此外，上述孫潤所提到的「漢語的語素具有單音節性」，正是接下來所要談論的彈性諧美的第二特性——「漢語語法靈活的節奏性」。由於漢語社會氣化觀的思維，以及天人合一和效法自然的觀念，使漢人喜歡和諧的美感，這種和諧的美感在語法表現出一種特別的形式——雙雙對對。而這種傾向雙雙對對美好的心理特性，也由於漢字及語詞的音節特性而獲得支持。

　　鄧曉明（2004：36-39）曾針對漢語詞音節上的「音偶」傾向及意義上的「意偶」傾向提出說明：「（漢語）構詞法是以複合（而不是以派生）為主，因此複合構詞法是漢語詞彙的首要特點；而漢語中的複合詞，從當代韻律構詞學角度看，就是韻律詞，而韻律詞又是由音步決定的。在漢語中，標準音步一般被認為是由雙音節構

成的（『單音步』及『三音步』都是特定條件下才允許的音步），因此根據韻律構詞法的理論，漢語的『標準韻律詞』只能是兩個音節。同時，在漢語中，一個音節（除兒化韻以外）就是一個語素。換言之，音步的組合就等於語素的組合，因此音步的實現就不可避免地導致語素的組合，而語素加語素正是複合詞產生的一般方式，則不可避免的同時也導致了複合詞的出現，即原始複合詞（指的是最基本、最簡單的複合詞）必須是一個韻律詞。從此可以說明：從韻律範疇看，音節＋音節構成音步，產生韻律詞；從構詞範疇看，語素＋語素是複合詞產生的一般方式，因此韻律詞的內部結構特徵必然導致出音偶（音節＋音節）、意偶（語素＋語素）的結果，即『音偶』是音步的要求，『意偶』是單音語素的結果。」從上面說明可以知道，漢語中這樣的韻律詞的產生，原本只是因應漢字音節的特性而在構詞上必定會出現的結果，但是一旦以美學的角度來看，韻律詞就擔任起平衡、對稱的功用，並且具有「音偶」及「意偶」的特性。在無形中，漢語語法由於必須使用這些詞彙，因而也外延出對排比、對仗、對偶等句式感到崇尚及需求，因而從無意中對美的感受變成對韻致的要求，而使漢語語法及相應的修辭中也不時呈現出韻律感了。

　　漢語中向來喜歡成雙成對的概念，如君臣、父子、夫婦、天地、日月、風雲、風雨等，我們很少讓它變成三個概念來呈現，例如，我們會說「風雨」或「風雲」，但不太可能會說「風雲雨」這樣的複合詞，這便是與前述的「音偶」及「意偶」的特性有關。這種「音偶」及「意偶」的特性，與漢語使用者崇尚中庸和諧、天人合一的觀念互相搭配起來，便滲透到語言現象的各個層面中。例如語素有

「葡萄」、「蝴蝶」……等；詞彙上例如「張揚」、「和諧」、「紙筆」……等；短語如「天荒地老」、「傾國傾城」、「開開心心」……等；句子如「公說公有理，婆說婆有理。」、「上課一條蟲，下課一條龍。」……等。這種重視和諧對稱的特性完全體現在漢語語法之中，而且我們也可以說，不只由於漢語字詞上「音偶」及「意偶」的特性、更加上漢語語法的靈活性，使得這種和諧對稱的心理需求得以有更好的發揮。

　　在漢語語法靈活的特性，使我們可以因應需求而把雙音節的詞彙或語素拆開來使用。正如前一節引用過林華東（1995b：23）的看法，認為「由於漢字的表義性，使得現代漢語雙音節詞在表達中既可選擇單字（單音節）形式也可選擇複字（雙音節）形式，從而有效地調節了語言的節奏，使句子的結構勻稱、音節配合和諧。」在此舉一個例子來說明：

　　　(75) 家有家規，校有校規。

在(75)這個句子中使用了「校」一詞，在日常口語中我們幾乎不會只說「校」而不說「學校」二字，但在這個句子中，我們為了讓後面的分句與前面的分句產生形式上的對稱，因而選擇「校」這個語素變成詞彙來代替原本的「學校」一詞。這尤其對前一章第四節所說過的詩化語言以及日常使用的成語的形成來說，是很重要的語法手段，我們透過這樣對稱和諧的形式來體現漢語使用者對美的感受。

　　最後，我再舉一個例子，說明漢語使用者在對於複句的觀念也和英語使用者不太相同。例如：

(76) a. 你來，我走。

    b. If you come, I'll go.

在(76)這兩個中英對照的句子中，我們先看(76a)，就漢語使用者對語言的感知來說，我們雖然在語意表層上知道「你來」是「我走」的原因，但是我們更會深刻感覺到，「你來」和「我走」是兩個雙雙對對的對稱概念，就如同前面舉過的例子，「君臣」相對稱、「父子」也相對稱一樣，是為了促成和諧美感而造出的句子。這種對稱的感知很難從英語相對的句子中獲得，如(76b)所述，我們只能從連接詞「if」得知「you come」是「I'll go」的條件或原因，而英語語法中更直接在形式上規定「I'll go」是主要的子句，「If you come」只是為了表達條件或原因而生的「附屬」的子句，更別說兩個子句有什麼相等的地位了。但漢語語法中雖然有子句，但我們很難明確指出哪一句是主要、哪一句是次要，例如：

(77) 中國人怕鬼，西洋人也怕鬼。

(78) 功課做了老半天，才過了一小時。

(79) 街上半個人影都沒有，屋子裡倒是挺熱鬧。

(80) 只要你肯努力，功課一定會進步。

從(77)、(78)、(79)、(80)這四個複句中，我們都可以感受各個複句中的分句是兩兩相對稱的觀念，但我們很難清楚界定，到底是「中國人怕鬼」比較重要，還是「西洋人也怕鬼」比較重要；也很難說究竟要強調「功課做了老半天」還是要強調「才過了一小時」；也很難說「街上半個人影都沒有」是否比「屋子裡倒是挺熱鬧」重要；

當然也很難確定，究竟「努力」在上，還是「進步」為願景，尤其當有人說「只要你肯努力」才是做事的重點時，可別忘記英語裡的「只要……」是屬於附屬子句而不是主要子句，這就更有趣了。這些句子讓十個人來選擇語義重點，則十個人必定會有不同的觀點，我們唯一確定的是，它們真的是雙雙對對的對稱觀念。

第四節　規範出位的見證

在第六章的最後，我要說明的是「規範出位的見證」，理所當然，這要承接著前面三種「氣化觀」、「圖像思維」、「彈性諧美」等三種思維而來。

我們在閱讀漢語的言語作品或是日常口語溝通的時候，經常會出現一些語法書中找不到的句型，而這樣的情形出現的頻率，不只是「有時候」，而應該說是「大部分的時候」。最大的理由是，漢語使用者對於哪些是「正確的」句子不太有意見，但卻對於哪些是「美的」句子有很大的感觸；甚或是有時候我們明明知道怎麼樣才是「正確的」句子，但是卻並不覺得那些是「好的」或「美的」句子，而反而認為那些「正確的」句子是否有存在的必要。而對於「意合性」來說，有時漢語使用者甚至經常覺得過度強調正確性的句子會阻礙思考的「氣流」，使源源不絕的想法或思維停頓而不順暢，就像我在(74)的例子中曾說過，英語倘若是要在其中加上 and、but、therefore 等連接成分，在語法上是「正確了」，但是對漢語使用者

來說就「不美了」、感覺就「不對了」。因此，漢語社會中幾乎只有在攸關個人權利義務的文件上，才會見到「全然精準而毫無任何雙重指涉」的句子，例如法律文件或行政文書等等。

我們可以說，因為氣化觀、圖像思維、和彈性諧美等思維與傾向的因緣，使得漢語使用者說話行文時一切以意義和整體性為考量，形式只是去輔助意義產生的工具，只要意義可以表達，形式就可以暫時忽略（管他對不對／倒裝）或拋棄（簡省字詞）；而且漢語的模糊性、具體性及其容量的廣泛性，也支持著漢語使用者意合兼規範出位的思維傾向。

這一節中要討論的是漢語語法容許在「正確性」之外添加一些變化，使語句更活躍，更可說是游走在句子的合法度與不合法的邊緣，這是漢語語法的靈活性有趣的所在。

我們先來看看，漢語使用者是怎樣找出「規則」的。我曾在第三章統整漢語語法的靈活性，整理成三大項及九個子項：

(一) 高度意合的口語風格：體現在「主觀變換的語詞順序」、「話題先行的補充說明」、「漢字與語法的表義性」等三方面；

(二) 富含絃外之音的多義性：體現在「隨意加減的虛詞運用」、「你知我知的詞語簡省與添入」、「同義異構的多重表達」等三方面；

(三) 形式與意義的複雜關係：體現在「同構異義的多重解讀」、「無須型態變化的多功能詞語」、「多種涵義的動補結構」。

漢語有著彈性意合的風采，本身就蘊涵著相當濃厚的自由靈動氣息，尤其漢語語法中的各個成分可以隨意拆合而沒有硬性的規

律，以適應各種形式上、音律上、修辭上的變化，只要能夠充分表達說話行文的「氣流」及說話者的意念即可，表現出簡約的特性，在上下文中，利用「意義」作為主軸來進行意念上的融合。如同楊啟光（1994：130-138）所說「蘊涵著漢語詞語組合上以神役法的文化精神——以詞語的義類為本、體（具體事物）用（用途）兼備、虛實對轉。」楊啟光這段話，說明了漢語詞語的組合是以意念的貫通為主，以意念的貫通與否來決定能否拆合，而在「天人合一」的氣化觀思維下，漢語語法呈現出可變通、多功能、以及組織結構靈活的樣貌，因此漢語在語義及形式上具有多重的複雜結構關係。

　　漢語使用者由於一種氣化觀的形而上觀念，因此很容易從上到下「意合」找出通則，來體悟語法及語句。王力（2006：55）曾說明，「中國人的思想是很能從錯縱複雜的現象中理出頭緒，尋出規律，使之簡易化，然後再從簡易入手，駕馭各種變化和複雜事情。正因為其簡，所以要明其變，而正因其變，所以要觀其通，自靈活多變中找出各種通例，發現規律，這是國人學漢語所以能『神而明之』的緣故。」這裡的「神而明之」正說明了漢語使用者理解語句的關鍵——「神」，也就是以意念來統攝形式。

　　除了意合以外，也需要語法靈活性的搭配，才是漢語語法的全貌。就像黃永紅、岳立靜（1996：70-73）所說的「如果說意合性體現的是漢語語法的內在素質，那麼靈活性則可以說是表現了漢語語法的外在氣質。由於有意合的統攝，漢語語法在形式上就簡省多了……沒有了形式上的諸多限制，漢語語法結構便是能簡則簡，想變可變了。靈活性使我們感受到了漢語語法結構形式上的難以駕馭，同時也更進一步體會到了意義在漢語語法中的強大凝聚力……

靈活性由於意合性的制約而有了『規矩』，意合性也由於靈活性的影響而添了『活潑』。整體地把握意義、動態地調節形式，使得現代漢語語法在沒有型態變化的情況下，也能非常靈活自如地、準確無誤地表達意義。」有了意合性和靈活性互相搭配，就使得漢語語法在靈活的特質下能夠產生無限的語句和無限的意念。

因此在這一節當中，我要來舉一些似乎「怪怪的」句子、但卻是「美的」句子。首先來看看下面這個例子，蘇軾（引自鄧曉明，2004：38）的七言律詩〈題金山寺回文體〉：

(81) 潮隨暗浪雪山傾，遠浦漁舟釣月明。

橋對寺門松徑小，檻當泉眼石波清。

迢迢綠樹江天曉，靄靄紅霞海日晴。

遙望四邊雲接水，碧峰千點數鷗輕。

(81)這整首詩就有如人們視點的緩慢偏移，它的特點在於，不論你是正讀、倒讀、從一半開始讀、或是只挑幾句來讀，都可以自成一首優美的詩，而產生不同的意念「氣流」，閱讀的方向會造成不同的視點差異，但各有各的美及意念，是漢語使用者都可接受的。而該詩所以能夠包容這麼多種意涵及可接受這麼多種閱讀的角度，最大的原因是因為它沒有連接成分；倘若這首詩中添加了許多連接成分，那麼就限制住了閱讀的方向了，這正符合第五章第四節所說的詩性智能裡的「語法鏈詞的省略」。再看看以下這個學生造句：

(82) 我在泳池裡游泳，妹妹在雨中游泳，弟弟到雲端游泳去啦！

從上面(82)這個句子中，我們看見三個分句都有「游泳」這個語詞，按照游泳的基本詞義來看的話，似乎只有第一個分句「我在泳池裡游泳」是正確的，但是若我們從意合性的角度看來，我們可以輕易理解出三個游泳之間的關連性；第二個分句的「游泳」必定是與「雨」產生關連；而第三個分句中的「游泳」則一定與譬喻有關，可能在說明弟弟飄然的狀態等等，這正符合第五章第四節所說的詩性智能裡的「詞語的異常搭配」。再來看看下面這個例子，魯迅（引自楊冬梅，2008:103）〈社戲〉中的一段：

(83) 月色便朦朧在這水汽裡了。

從(83)這個句子我們首先注意到的是「朦朧」這個詞似乎從形容詞變成動詞來使用了，用「朦朧」將月光微亮及水汽的映照連結了起來，這正符合第五章第四節所說的詩性智能裡的「詞的變性活用」。再如下劉墉（引自楊冬梅，2008:103）《漂泊的人生》中的一句：

(84) 大街很西方，小巷很中國。建築很西方，人們很中國。

上面(84)中的「很西方」、「很中國」使用了「很＋名詞」的用法，具有突兀的語意效果。再看看最後一個例子，這是曾子（引自孔穎達，1982：128-129）在《禮記‧檀弓》中說的話，如下：

(85) 曾子怒曰：「商！女何無罪也？吾與女事夫子於洙泗之間，退而老於西河之上，使西河之民，疑女之於夫子，爾罪一也。喪爾親，使民未聞焉，爾罪二野。喪爾子，喪爾明，爾罪三野。而曰女何無罪與？」

依據鄧曉明（2004：39）的說法，上例(85)中，「爾曰女何無罪與？」看起來不太恰當，原來是「而曰女無罪，女何無罪與？」的合併，但我們還是能自動將其理解成我們懂的語句。

　　以上這些規範出位的例句，衝撞了我們對「正確」的認知，但卻迫使我們進入「意合」的思維，去看待這些語句，體悟它們所帶來的新義。由於漢語具有靈活與意合的特性，而不具有形式上的強勢約束力，因此漢語使用者對於語句不僅使用上有多種「活的」樣式，更能領悟出當別人也使用「活的」樣式，這也為漢語語法的靈活性證實了其文化上美妙的功能性。

第七章　相關研究成果的推廣應用

　　在第五章和第六章，我已經論述過漢語語法靈活性的社會功能和文化功能。回顧漢語語法靈活性的社會功能，具有「情境生成的集體性特徵」、「柔化交際的憑藉」、「縮節人情的結構化」、「詩化升級搏造出文人圈」等四個特性；至於漢語語法靈活性的文化功能，則具有「氣化觀的羅致寄寓」、「圖像思維的具體展現」、「彈性諧美的真實演出」、「規範出位的見證」等四個特性。

　　我們可以說，漢語語法的靈活性除了本身就是一種語言現象以外，它也體現在所有跟語言有關的情境或機制中，而這些和語言有關的情境或機制，本身也是一種文化的現象。因此，漢語語法靈活性的相關研究成果，對於所有和語言有關的情境或機制，必然具有積極的正向功能，它們之間是透過難以分割的「文化」互相連結的。

　　本章說明相關研究成果對於一些和語言有關的情境或機制有積極的幫助，僅以和語文教學有關的三個項目作闡述，分別是：「語言學研究的更新視野」、「語文教學的落實強化」、「語文創作傳播的再開展」。然而漢語語法的靈活性並不只應用在此三方面，應該說凡是和語言有關的，不論是語言或是類語言，漢語語法靈活性都提供了有利的線索使人們去思考背後的文化本質。

第一節　語言學研究的更新視野

　　關於漢語語法研究歷史悠久，而現代語言學從結構主義到功能主義、再到「三個平面」的語法學說……等，都為語法研究領域提供了諸多的語料與通則，然而這些以結構主義為基底的研究方式均旨在將語法規則條列化，試圖用科學方法來看待語言及語言底下的各種現象。蕭國政（1999:58）針對現代漢語中語法研究的複雜樣貌作了「各具特色」的評價，認為「漢語語法學的語法分析，也由五〇年代、六〇年代用邏輯、型態、詞類、結構關係分析句子、修改病句，發展到用結構層次、語義關係、語用價值、交際傳息功能，來解釋句子的語形構成、語形和語意的對應關係、句子容入信息和釋放信息的規則等等。漢語語法學體系也在經歷了三〇到六〇年代黎錦熙為代表的『詞本位』、七〇到八〇年代朱德熙為代表的『詞組本位』的一統體系階段後，進入到邢福義提出『小句中樞』、徐通鏘提出『字本位』、馬希文提出『語素本位』的多元體系紛呈的探索爭鳴階段。與此同時，各具特色的語法研究也得到較快的發展。」

　　過去的研究方法的確可以幫助人類清晰地條列出許多複雜的規則，而且也的確幫助人們用更簡單明瞭的方式去理解和描述這些現象。然而，文化語言學認為這樣的「描述」是不夠的，人們需要以更深入的角度去「詮釋」語言以及語言現象。因此，除了使用科學方法以外，還得要從文化視角、運用文化學方法來進行語言研究。

　　文化語言學是一門關係學科，它的研究內容相當廣泛，並且有自己獨特的研究對象和研究目的。語言是「人」在使用的，因此有

其人文性。邢福義（2000:5-6）曾說明，文化語言學主要研究的問題有下列五項目：

(一) 語言與文化之間的對應關係；

(二) 語言對文化的影響；

(三) 怎樣通過語言研究文化；

(四) 文化對語言的影響；

(五) 怎樣通過文化研究語言。

這些研究問題，和以往現代語言學的研究的內容有所不同，它們不只是要得出語言的本質，更是為了揭示語言的全貌。人們為何對於語言的全貌有了解的需求？為的就是要透過「全貌」來更加了解「自己」的語言樣態。

文化語言學的觀點和研究，使人們看見不同語言間的「共性」，也更加確立不同語言間的「個性」。對於不同文化間的語言現象差異，我們用什麼態度予以理解以及包容？關鍵在於：研究差異的目的不只是為了製造「差異」，更是對自己所處的語言環境與文化環境的「內省」。

馬愛德（2000:25）曾對過去語言學的研究和文化語言學的產生作一番省思，說明「漢語與所謂『西方形態語言』……有了基本的差異，因此對語法的全面描寫必須考慮到語言的文化特徵……限於結構分析的現有語法學不夠全面……揭示文化對語法的影響是十分重要的，不過僅僅從文化角度來發掘語法特徵便會忽視語法最基本的社會符號性質。我們主張，語言的基本任務是在人類社會上起某些符號性作用，比如表示物質或心理世界的事件和實體、表達說話者的意圖、在一定的語篇裡指稱某個事物或事件等等。因此可

以說，所有語言，儘管在語法組織上有著豐富的差異，但都提供了體現類似符號性作用的功能相當的資源。」這段話的意思是說，在不同的語言間可能有不同的語法結構，這是所謂「結構上的個性」；然而這些語法可能具有相同的功用，比方說：用來溝通、用來記錄、用來創作……等等，這就是所謂「功能上的共性」。當然，語言不只是一種符號，它更是文化本身。因此，當我們以文化性的後設思考來研究語法的時候，我們也正在試圖去認識不同語言間的語法在「功能上的共性」、以及為了這些功能而設的「結構上的個性」，這種「個性」與「共性」間的差異，就是文化語言學帶來的視野。

邢福義（2000:39）強化說明了文化語言學的功用，認為「文化語言學……研究人類文化之社會功能的一門科學。這門科學和現代人類學一樣，並不是只把目光集中在未開化民族和語言的化石資料來構擬人類早期社會的原貌和尋找人類發展的歷史足跡，而更重要的目標是通過語言文化的理論工具，從一個全新的角度，認識和分析人類當今，洞察和把握社會發展，預示和構擬文化未來。」也就是說，文化語言學的視野不僅在對目前現況作研究及自省，而在某種程度上也為了掌握社會發展、了解文化、與了解未來作了貢獻。

楊啟光（1999:9-16）曾說明文化語言學所帶來的價值，認為「中國文化語言學是當代中國學術的一種新範型，它的初創成功對於中國現代語言學是一場涉及本體論和方法論的科學革命。」在這段敘述中，楊啟光提到「本體」及「方法」，也就是文化語言學的研究對象以及研究方法，研究對象如同前述邢福義所提的五個項目；至於研究方法，許多學者各自提出不同的說明，例如申小龍（1986）曾提出文化認同法、文化鏡象法、文化底層法、文化耗散法、文化

比較法；楊啟光（1995）提出文化鏡象法、文化參照法、常態分析法、多元解析法、心理分析法、異文化範疇借鑑法、比較求異法、從抽象上升到具體法、思維認同法、傳統闡釋法等十種方法；戴昭明（1996）則提出文化符號解析法、文化思維認同法、文化背景考察法、文化差異比較法、文化心理揭示法；邢福義（2000）提出實地參與考察、共層背景比較、整合外因分析等三大方法。這些方法為漢語語法的研究帶來新的嘗試，而刑福義所提出的三個方法可以說是對眾多學者所提出的眾多方法做了最有系統的歸納整理與簡化。

　　除了研究方法以外，我在開頭的研究方法中說過，本研究以周慶華參照 J. Ladriere 與沈清松的論述加以整編的「文化的五個次系統關係圖」作為論述的邏輯結構（詳見第一章第二節）：

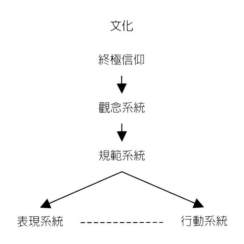

圖 1-2-2　「文化的五個次系統」關係圖（資料來源：周慶華，2007:184）

　　這個關係圖中，以文化的「終極信仰」、「觀念系統」、「規範系統」、「表現系統」、「行動系統」等五個次系統為內容，以層層相扣的方式由上到下影響著。也因此，如果要對某種語法現象進行研究時，既可以從上到下來推衍、也可以從下到上來進行回溯。而本研究從一開始就說明，是以由下到上的回溯作為論述的結構。這個「文化的五個次系統關係圖」也可以為文化語言學未來的相關研究帶來較強的邏輯性。

　　另一方面，我認為文化語言學作為目前漢語語言學領域中最新興的學科，它不只強調人文性的視野，它也同時注重舊方法及舊學科的肯定與合作。如前所述，現代語言學為語法研究領域提供了諸多的語料與通則等，這些絕對是珍貴的研究文獻，而文化語言學的加入，正可將這些文獻的價值予以延伸，在「描述」以外另作「詮釋」甚至如前邢福義所說的「構擬未來」的功能。文化語言學尋求跨領域、跨學科的結合，如語言學、文化學、社會學、人類學、哲學……等，多種觀點的結合有助於獲得語言學的全貌。如同蕭國政（1999:58）所述：「文化對語法學的影響，是把它越來越具有的包容性和越來越豐富的特色，投射到語法學的各個方面……文化對語法的總體性影響和制約，體現為文化和語法較深層次上的一種特徵相似性……多種語言的語法所反映的文化異同，是不同文化對語法的局部影響或組成部分的具體影響，在這方面，不同語言的語法有時反映出文化的共性，有時則是反映著文化的個性。」這就是一種新的研究視野，用各種不同的方法來詮釋同一個語法現象，以獲得對此現象的全面認知。就像我在前面說的，研究差異並不是為了製造差異，而是為了自省與包容，這同時也代表了以「文化」為出發點的「文化語言學」的多元性。

第二節　語文教學的落實強化

　　在教學上，教師經常面臨一種「教」與「行」很難合一的狀況，在語文教學中也經常出現這樣的情形，教師在課堂上教學生寫的句子，和生活中實際使用的句子，有時候可以說是兩回事。

　　舉一個例子來說明：在一堂國語習作教寫的課程中，正進行到造句的部分，教師要學生在國語習作上寫下「袋子裡的餅乾被妹妹吃完了，所以袋子裡沒有餅乾。」這樣的句子。教師告訴學生種種關於「因為吃餅乾的是妹妹，而餅乾是被吃的東西」等等的說法，證明「吃」這個動作的前面只能接「人」，來叮嚀學生千萬不可以把句子寫錯；另一方面，教師也再三強調，因為「有」所對應的主語是「袋子裡」，只有「袋子」才會產生「有餅乾」或「沒有餅乾」的狀態，因此我們寫成「袋子裡沒有餅乾」，而不可以寫成「餅乾沒有了」。教師還不忘叮嚀，考試的時候要學生這樣寫，如果寫錯了得要扣分。但是一到中午營養午餐時間，班上某個學生因為沒有領到雞腿而向教師哭訴，教師面帶無奈地說：「雞腿吃光了！」這時候教師還沒發現自己所說的話正好與國語習作教學中的教學內容「『吃』這個動作的前面只能接『人』」相反。而教師回到家裡想要和網路上的其他教師分享這件事情，於是在自己的 blog 上寫下「雞腿怎麼沒有了？」這樣的句子，這不正巧又和稍前所說「不可以寫成『餅乾沒有了』」相衝突？

　　在教語法（或者以國小國語教學相對應的造句教學、換句話說教學……等項目）的時候，教師經常讓自己陷入教學與實際情形割裂的狀態，就像上面這個例子一樣，但這是不對的。語文教學應該

要具備更有效率、或者更能同時包容教學與實際情形的方法，去解決這樣的問題。

以上的問題產生，最大的原因可能在於，教師僅以語法條目的規則形式去思考句子的正確與否。以形式的角度出發，我們可以寫下有限條目的句法結構規則，並針對各種結構一一作說明，並舉例證明這些句子在語義及語用上的合法度，這些條目就是結構語言學所說的「語言（langue）」。但另一方面，我們在口語中會創造出無限的「言語（parole）」，這就不是條目規則所能一一說明清楚的，而且這也不是結構語言學所要研究的對象。可惜的是，目前的國語文教學中的語法教學，僅以結構語言學方法在教授句子，於是教師只能教學生「語言」的規則條目，而無法告訴學生在「言語」裡面和那些規則條目中有所不同的句子有什麼道理。

讓我們從漢語語法靈活性的角度再把這些句子看一次：

(86) a. 餅乾被妹妹吃完了。

　　 b. 餅乾吃光了！／雞腿吃光了！

(87) a. 袋子裡沒有餅乾。

　　 b. 餅乾沒有了！／雞腿沒有了！

在第三章第一節，我曾引用學者薛鳳生的說法，說明「漢語語法中『主語＋謂語』的涵義其實是『話題＋說明』」，從這個角度來思考(86)的兩個句子，可以知道，(86a)和(86b)中的「餅乾」同時都是主語、也都是話題，針對「餅乾」這個話題，可以在其後加以說明如(86a)「被妹妹吃完了」以及(86b)「吃光了」；另外，在(87)的兩個句子中，(87a)的主題是「袋子裡」，對該主題的說明是「沒有餅乾」，

(87b)的主題是「餅乾」，對「餅乾」所作的說明是「沒有了」。除此之外，我在第六章第二節也以「漂亮」和「吃」兩個動詞（詳見第六章），說明漢語對於某個語詞的用法，僅把它當成一個「概念」，是為整體性的認知，很少特地從形式的角度去思考前後所該添加的成分。所以「沒有了」和「吃光了」在概念上就是以「物體消失」的概念存在漢語使用者的心象中，理所當然地，不論是「（某物）吃光了」、「（某物）被吃光了」、「（某物）沒有了」、「沒有了（某物）」，從意合的角度來說都可接受；反倒是加上了「被」這個表示被動的語法化標記以後，就只能接受「（某物）被吃光了」。然而，再怎麼由形式的思維去創造出某個語法成分，「漢語語法的靈活性」仍然會悄悄地過渡出不合乎原本語法的句子。比方有的時候我們甚至在口語上會出現「妹妹被吃光了餅乾」這樣的句子，便是因為我們將「餅乾」這個物品的被動性遷移到「妹妹」這個人身上去了。這就是漢語語法靈活性對漢語句子的無限創造力。

　　從一個真正本於「漢語」的語法思維來考慮教學的話，形式平面的分析絕對是將語法規則條理化的入門手段，但是我們不能「過度」依賴形式分析，也不能「只」在意形式分析。不論從語義平面或是語用平面上來探求句子背後的意義，都可發現漢語句子中的意義最後都會指向漢語使用者思維裡的文化通觀；所以要把社會文化層面從語法形式的層面抽離是沒辦法做到的。倘若對漢語語法的靈活性有這樣文化性的認知，教師就會告訴學生，「袋子裡的餅乾被妹妹吃完了，所以袋子裡沒有餅乾。」這樣的句子有它使用上的時機，但它並不是「唯一」正確的句子，說話者也能接受其他句型來達到思維上的順暢或溝通上的便利。所以學習一種句型的時候，並

不表示其他的句子是錯誤的病句，教師及學生不應該只以抓病句的角度去思考，否則我們的生活會充斥在病句比正確句子多上好幾十倍的狀況，果真如此的話，那豈不把漢語語言學家都弄瘋了？而且這樣說來使用「漢語」這種語言來溝通豈不是頗沒效率？

再者，由於漢語的靈活性使得漢語的句型經常產生多種解讀的可能性，因此教師也應該引導學生，學習漢語語法的核心觀念在於「在適當的時候使用適當的句型」，而不是「只有一種可能性，其他都是錯的」。如果師生都以靈活性的思維來思考及學習漢語的話，教師會以更宏觀的角度去對待所謂「對的句子」與所謂「不對的句子」，而學生也會以更包容的心態去學會「課本教的句子怎麼跟生活中使用的不一樣」這件事情，並且嘗試在不同時機靈活變換不同的句型，以達到不同的溝通效果。

此外，由於漢語語法靈活性的內涵是漢語使用者的文化思維所致，因此在課堂上，「文化」和「語言」也應該互相結合，相輔相成才是。首先，將文化性的思維置入語言教學中，可以幫助學生更有效率地建立起漢語的語感。王洪君（2006:107）曾針對「語感」作說明，認為「語感的特點是『知道怎麼使用和分辨』，但從理論上卻『說不清楚』。如果能把這種語感基本一致的單位描述出來，既可為進一步的理論闡述提供基礎，又可以直接為漢語教學（特別是漢語作為第二語言的教學）、信息處理等應用領域所用。可是把這種領論上還『說不清楚』的『詞感』抓出來，不是形式化的語法測試等手段能夠做到的。」也就是說，單從形式的角度來思考語言，只能片面知道句子的正確性與否，卻無法幫助學生建立對漢語的語感。漢語實際上是一種對「意義」十分敏銳的語言，它不像英語可

以直接從語法結構的平面清楚探得其意義，而在相當程度上依賴聽說雙方的內在感知。宋宣（2004:372）曾對漢語和意義上的這種敏銳性作說明，認為「漢民族往往借助於主觀上的『敏銳意識』來辨別漢語的『內部形式』的特點，漢語語法從表面上看不具備任何語法，漢民族的精神才得以發展出一種能夠明辨言語中的內部形式聯繫的敏銳意識……所謂的『敏銳意識』就是指認知上的『整合』作用。」在語文教學的課堂上，如果能夠將這種「內在感知（或敏銳意識）」透過文化性的內容在教材中呈現，必定有助於學生建立整體的語感；倘若在語文教學中強迫將這種「內在感知（或敏銳意識）」和「社會文化」的部分從教學內容中抽離出去，必定顯得弔詭，就好像漢語的內在感知及其背後的社會文化思維是與語文教學無關似的。而目前的國語文教學正是如此。

　　然而，語言的使用者對該語言的內在感知，實際上根本就是從社會文化內化而來的思維，因此無法切割。所以在課堂上不論是「用文化作為情境來學習語言」、或是「用語言作為文本來學習文化」都是可行的結合方式。邢志群（2009）就曾建議在漢語教學中分初級、中級、高級三個階段教授文化內容，認為「初級語言階段的文化內容主要包括由不同的字和詞表示的各種文化內涵；中級語言階段的文化內容主要包括用漢語不同的或特有句型表示的文化概念；高級語言階段的文化內容比中級又進了一步，包括用漢語的篇章、語體結構表示的比較複雜、抽象的文化概念。」這種分級訂定指標的方式，其實就與九年一貫課程綱要中的分段能力指標的觀念類似。

如此一來，使文化和語言直接在語言教學的領域中互相產生連結，不僅使文化中的語文教學更有意義，也使得在語言中進行的文化教學更為便利；並且在語文教學中「教」與「行」之間更能取得同一性，也會促使語言學習及語言使用更有效率。

第三節　語文創作傳播的再開展

就像前一節所說，語文教學課堂中大部分的時候都將「內在感知（或敏銳意識）」和「社會文化」的部分從教學內容中抽離出去。同樣的，「語文創作」的教學部分也很少在課堂上進行。大部分的教師總是發下稿紙、附加一份範文，在黑板上抄下幾句關於這篇範文的起承轉合方式，然後就當作學生的回家作業，要學生仿照著範文的結構寫，學生只要負責在隔天把作文交上來，這樣就算是完成了所謂的「寫作教學」。

從前面這樣的例子中，我們可以發現，教師在作文教學中要學生模仿範文的「結構」，就像前一節所說的，教師在造句教學中，也總是只針對「結構」作教學、作規範。原因在於，「結構」可以說是最容易條列化、也最容易被學生所學得的內容。

然而，真正難教、難學的部分是：句子中的「語感」難教難學，文章中的「文氣」也難教難學。有時候可能連教師也不太清楚所謂「語感」和「文氣」指涉的是什麼，而這二者正是漢語語法的靈活性得以表現的地方。

　　語文創作雖然有不同文體的分別，但就本質而言，創作思維的過程，是先以事物的表象開始，在心中產生意象，接著透過意像的描述（就是字詞句段篇等），將其呈現在紙上，因而具有「表象──意象──描述意象」三段歷程。

　　至於學生在語文創作中所面臨的困難就在於，不知道如何從「表象」生出「意象」，更別說是要如何將「意象」加以「描述」了。學生面臨這樣的困難其實與教師的教學有很大的關係。

　　國語文的教師在課堂上花上大部分的時間，在要求學生重視各種表象卻鮮少引導學生去注重深層的意象。例如：習寫生字的時候，教師要求學生注意表層的筆劃順序、牢記部首、試數筆劃數等，但卻忘了告訴學生漢字的部首可能有其象形或會意上的意義；還有，和學生討論課文文本的時候，許多教師會問一些字面上已有答案的問題，卻很少問學生「如果……的話，你會怎麼樣？」、「你有什麼看法？」……等深層的問題；再者就是剛才舉過的例子，造句教學中，教師總是只針對表層的結構作教學、作規範，鮮少引導學生注意該句型的深層意義和其他句型有何不同、更幾乎不可能告訴學生某種句型對漢語使用者來說具有什麼樣的語感意義；而在作文教學中，教師要學生模仿範文表層的結構，而無法引導學生認識深層的文氣及語文之美……等，還可以舉許多例子來說明課堂上這種只重視表層結構不重視深層內涵的狀況。

　　所以學生在意的除了表層還是表層、除了形式還是形式、除了結構還是結構，因此當教師要求學生從事語文創作的時候，學生自然而然只會從表層的形式和結構下手。而最諷刺的是，這些表層的形式和結構，倘若沒有深層的內涵作支撐，則表層就顯得瑣碎而不

具意義了；而且也因為沒有意義，所以學生得要花力氣去死背才能學起來，大部分的學生無法將它熟背。這也就是語文創作在國小中的困境：學生既無法把表層結構熟背、又從來不曾知道深層的內涵。所以學生的文章表現出來的是：結構不太清晰，以及雖有文字卻沒有內涵。

周慶華（2004b:2-3）在《創造性寫作教學》中說明，「一部作品所以具有獨創性，是因為它的每個方面都促成作品整體的內在秩序的形成作出了自己的貢獻。」周慶華在其中也引用了郭有遹的說法，說明「創造性」的性質，約略是「個體或群體生生不息的轉變過程以及知情意三者前所未有的表現；而它表現的結果使自己、團體或該創造的領域進入另一更高層的轉變時代。」從這兩段話中，須留意所謂「作品整體的內在秩序」以及「知情意三者前所未有的表現」，這兩點就是所謂語文創作的內涵。

每種語言因為其背後代表著不同民族的思維觀念，因此呈現出來的「內在秩序」不盡相同。以漢語來說，使用漢語創作的篇章，其內在秩序必定蘊含著一種潛在的氣流，這氣流藏在字裡行間，也藏在作者及讀者心中，形成一種意象，就是我曾在第六章第一節提過的「文氣」。另一方面，「知情意三者前所未有的表現」對漢語使用者來說，便是讓這種文氣的意象透過文字表達出來。這和前面所說的「表象——意象——描述意象」等創作的三段歷程不謀而合：表象就是所欲抒發的對象，意象就是「文氣」所在，「描述意象」則是真正躍然紙上的文字作品。南北朝鍾嶸（1988:3147）在《詩品・序》提出：「氣之動物，物之感人，故搖盪性情，形諸舞詠。」正是對語文創作的表象、意象和描述三方最生動的說明。

　　所以創作者從表象開始，要先在心中產生意象，再談如何描述，這過程當中，首要的當然是「意象」。如果沒有意象，那麼表象也沒有存在的意義；如果沒有「意象」，那麼更不用談描述了。於是「意象」所蘊含的「文氣」，就成為語文創作當中首先該學習的部分。而漢語語法的靈活性，正如同「文氣」的魂魄，至於充滿靈活性的漢語語法，也正是「描述意象」時的最佳工具，尤其在第五章第四節說明過林秀君（2006:86-87）所提出的「詩性的智能」，以「詞的變性活用」、「詞語的異常搭配」、「語法鏈詞的省略」、「詞序的移位」等四種手段，以及漢語中靈活多變的修辭系統等，均為國語文創作提供了極豐富的創作手法。

　　在本章第一節中，我曾再一次闡釋了「文化的五個次系統關係圖」（參見本章第一節圖 1-2-2），而應用到語文創作中也是同樣適宜。語文創作是為文化的五個次系統中的「表現系統」，正如圖 1-2-2所呈現的，它和漢語語法靈活性的「行動系統」存在著間接的連結。而表現系統下的「語文創作」以及行動系統下的「漢語語法靈活性」的上層，便是以前面所討論過的漢語語法靈活性的社會性和文化性所貫串，因此對於以漢語從事的語文創作或是以漢語（的語法）作為研究對象的漢語語法靈活性二者來說，其背後具有相同的社會文化本質。因此漢語語法靈活性的相關研究，對於語文創作來說，一定具有正面的積極幫助。

　　此外，從語文作品的解讀來說，漢語語法的靈活性也為讀者打開了一扇窗口，使讀者得以進入作品本身，跳脫只從作品的形式結構上尋求美感的解讀模式，而更深入地從文化性的感知上去追求語文的美感。漢語語法的靈活性能幫助讀者對語言作品作更有意義、更為深入的解讀。

　　尤其，語言作品一但被創作出來，它所代表的不僅是作者某時某刻的心境呈現，倘若將時空的軸拉長來看，它便具有代表某種時代的精神、具有為某時代發聲的特性。因此，讀者除了從表層結構認識到某時代的文化框架下所擁有的特殊手法，例如：近體詩、駢文、八股文等，更形而上地去探求這些時代的社會文化本質。

　　再回到創作者本身，語文創作的作品是跨時空的，作者不只是機動的「書寫的人」，他更是創作的主體靈魂所在。作者將自己對周遭環境乃至於世界的獨特「意象」的感知體驗透過作品傳達給讀者，他需要靈活的手法去書寫及表達。而讀者在解讀時又成為另一方的主體靈魂，他所悠遊的作品內容，不見得和原作者的感知相同，他也需要靈活的認知去體驗。漢語語法的靈活性為作者和讀者提供了各自的需求。

　　創作是運用書面語言在作者和讀者間進行表達和交流的重要方式，不論對讀者或作者來說，都是一種主體意識的呈現，也是認識世界、認識自我的創造性歷程。「用什麼語言創作」以及「用什麼語言解讀」，其實代表著「用什麼語言思考」，思考的背後帶有強大的文化性延展空間。而語文創作（或文學）和語言學習，在目前學校教育中被視為是完全不同的系統，因此在有限的教學時數下，教師通常保留「語言學習」的完整性而忽略「語文創作」的教學，這樣的情形其實不利於文學創作，因為我們不太可能對於一個語言只學習它的「形式」而不用這種語言的「本質」去創作的。然而，這種「本質」對漢語來說其實本身就具有很強的關連性──就是漢語語法的靈活性，漢語語法的靈活性在漢語的形式和本質間作為中

介，同樣也能為語言學習與文學創作搭起橋樑，更為作者和讀者間建立默契。學習漢語語法的靈活性，並透過靈活性的本質及手法去創作文學；語文創作倘若能以自己的文化性為本出發，則必更有意義也具有更強大的說服力。

第八章　結論

第一節　要點的回顧

　　語言現象與社會文化間有密不可分的關係，正如王虹、王錦程（2003:46）所述：「一個民族的思維方式是以語法的形式在語言中體現的……兩種語言的語法差異，不只是符號的差異，而且是思維方式的差異。」另外，學者石毓智（2004:6）也曾說：「語法現象的產生往往是有理據的……很多語法規則是現實規律通過人的認知在語言中投影。那些現實生活中常見的、基本的、顯而易見的規律，就有可能通過人們的認知投射到語言中去……經常作為刺激人們交際欲望的信息表達方式就有可能固定下來成為一種語法格式。」

　　本研究旨在探討漢語語法的特性——靈活性，與漢語的社會文化之間的關係。

　　在文獻探討中，我將過去語法研究的文獻作一個檢討，綜觀這些漢語語法特性與社會文化的相關研究中，可以發現幾個問題：

（一）以往探討漢語語法的文獻——尤其在臺灣地區，較著重在傳統語言學及現代語言學方法對語法現象的描述和分析，較少談論其社會與文化功能；而探討語言與社會文化

關係的研究中，多探討字詞與社會文化的源流和訓詁，較少從語法層面切入研究。

(二) 就算探討語法的社會與文化方面的動因，目前的文獻仍多在探討言伴語境，而較少談及言外語境〔參見第二章第二節提過的郭熙（2006）文獻〕。

(三) 就算從言外語境切入談論語法與社會文化的關係，觀點所涵蓋的廣度是夠了，但是其使用的詮釋方法不夠深入、層次不夠嚴謹。

本研究的性質屬於理論建構，以文化語言學領域的方法為主，輔以其他結構語言學方法、詮釋學方法、社會學方法等觀點作為參考。並使用「文化的五個次系統」作為邏輯上主要的論述結構。將漢語語法的靈活性視為漢民族集體運作的行動系統並作為研究對象，搭配社會學方法上溯到規範系統探討其社會上的動因並著重在言外語境，再用文化學方法上的觀念系統探討文化上的動因，最後再上推終極信仰；並且在需要時使用社會學方法及文化學方法常用的對比法（在本論述中以漢語和英語作對比）來解釋。希望在此透過層層推論及分析詮釋，解決以上我所觀察到的三個問題。

在此將本論述架構及研究結果融合第一章的圖 1-2-1、圖 1-2-2、圖 1-2-3，以圖 8-1-1 來簡單表示。

綜合漢語語法研究的相關文獻，我在第三章中將漢語語法的靈活性分成「高度意合的口語風格」、「富含絃外之音的多義性」、「形式與意義的複雜關係」等三大特性，而各自體現在以下各部分：

(一) 高度意合的口語風格：

1、 主觀變換的語詞順序：說話者隨意念去選擇形式而非讓形式去凌駕在意念之上。

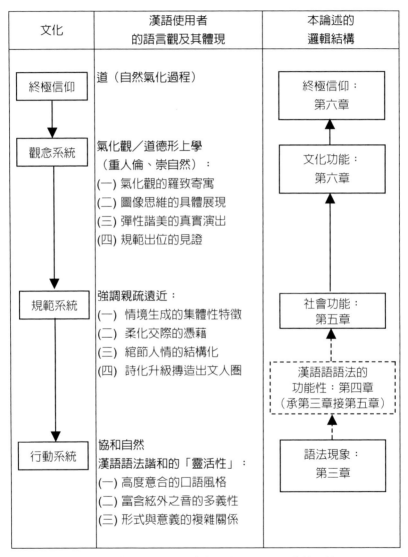

圖 8-1-1 「漢語語法的社會與文化功能」研究結果簡示圖

2、話題先行的補充說明：漢語語法中的「主語＋謂語」的
涵義其實是「話題＋說明」。（薛鳳生，1998:67）

3、漢字與語法的表義性：漢字的表義性和漢語語法的意合
性之間有文化思維上的牽連。

(二) 富含絃外之音的多義性：

1、隨意加減的虛詞運用：漢語語法中使用虛詞來使簡單的
語義關係產生不同的語用意義。

2、你知我知的詞語簡省與添入：漢語中運用語詞或語法成
分的簡省與添入造成多義性，充分展現出漢語使用者委
婉而迂迴的對話態度。

3、同義異構的多重表達：漢語使用者的意合傾向，使得語
句中只要「能表其意」，則任何形式上的變化都是可以
接受的。

(三) 形式與意義的複雜關係：

1、同構異義的多重解讀：漢語使用者在解讀句子時，有一
個先驗的「主題＋說明」的思維在運作，因此掌握意義
上並不困難，牽涉到許多關於移位、變換、或是動詞
特徵的描述等分析時，對漢語使用者來說運作相當費
工夫。

2、無須型態變化的多功能詞語：漢語不論是名詞、動詞、
形容詞、副詞等都沒有型態上的變化。也因此相同的字
詞就以同樣形態作為不同詞類功能使用，成為漢語中固
定詞形的多功能用法。

3、多種涵義的動補結構：劉月華、潘文娛、故韡（2001:534）將補語分成「結果補語」、「趨向補語」、「可能補語」、「情態補語」、「程度補語」、「數量補語」、「介詞短語補語」等七種，各有不同的語用意義，使漢語使用者得以靈活運用。

　　「語言系統」是一種「能指」和「所指」相連結的符號系統，「能指」的結構關係分為「句段關係（組合關係或位置關係）」和「聯想關係（聚合關係或型類關係）」。「句段關係」指語言符號在線性序列中形成的次序關係；「聯想關係」指能夠出現在線性序列中相同位置上的語言單位所形成的類別關係。（宋宣，2004：183-188、382-383）語法的物質結構是語言單位或語言符號按照一定的結合關係組成的抽象結構體，這些語言單位的「組合關係」表現出語法的結構，而「聚合關係」則表現了其語法功能。因此語法的物質結構能夠幫助我們更理解個別「言語」中真正的「語言」結構，在某種程度上更清楚地呈現了語義；然而像漢語這種極度含有隱含意的語言光靠物質結構來解析語義是不足夠的，還得加上社會文化觀點的詮釋才行。漢語語法的物質特性，在於採用許多語法成分，去促使「意義表達」得以完整，而非為了使「語法結構」完整。到靈活性與意合性不僅是漢語語法的特性，更是漢語使用者所必須具備的能力，才能使聽話者及說話者有效地使用漢語及漢語語法來溝通。

　　漢語語法的靈活性作為語言的一種現象，同時也是文化的「行動系統」下的一種現象，具有三種功能性：第一種功能性是「特殊的物質結構」、第二種功能性「標異的社會交際運用」、第三種功能性是「軟式的體現文化精神」。其實上述這三種功能性，所對應的

正是漢語語法目前發展的幾個重要階段的語法觀,「特殊的物質結構」所對應的是「結構主義」的語法觀、「標異的社會交際運用」所對應的是「功能主義」及「社會語言學」的語法觀、而「軟式的體現文化精神」所對應的正是「社會語言學」及「文化語言學」所混合而成的語法觀。

在漢語語法靈活性的社會功能方面,梁志剛(2003:85)認為:「一種語言的社會和文化環境在很大程度上促進或制約該社會的語言形態。」Joshua A. Fishman(黃希敏譯,1991:167)也說明:「語言行為是一股主動、反映社會現象的力量,尤有甚者,語言行為對社會還有回饋的現象,從而增強或改變社會,使之符合談話的價值與目標。」社會影響著包含言語或語法等語言行為,因而語言行為可以反映出社會現象,而進一步地和語言有關的行為還有可能增強或改變社會等。漢語語法的靈活性從文化的「行動系統」上溯到「規範系統」,探討漢語語法靈活性的社會性成因及其在社會上的體現,具有四個特徵:

(一)情境生成的集體性特徵:漢語社會的「集體性特徵」,指漢語使用者的社會組成是一個以集體生活為主的社會,在漢人世界裡生存的個人,會將自己放在群體之中、甚至放在群體之後。它與中國自古以來的學統、宗法以及禮教有關。萬海燕(2001:44-46)使用「自抑性」來描述漢人社會這種貶低自我的文化現象。體現在文法上的特色是:大量使用自謙詞與敬詞;代名詞或指稱詞的使用上,儘量以「不凸顯個人」為原則來進行對話;也由於漢語使用者不太凸顯「個人」,因此對於個人物品的領屬也常模糊表示,例如所有格或名詞的限定均不明顯。

　　(二)柔化交際的憑藉：自謙自抑、不願意凸顯個人的特性，從而延伸出漢語社會中「柔性」的交際方式，這種柔性交際，具有含蓄又委婉、深沉而向個人內心探求的特性。鄧曉明（2004：36-39）曾針對封建對社會帶來的思想禁錮所造成的含蓄現象作說明：「含蓄、內向、保守、穩健等特徵，加之受民族思維方式和古代思想家思維習慣的影響，形成了漢民族崇尚以理節情、『發乎情止乎禮義』的民族特性……形成了崇尚含蓄、深沉的漢民族共同的心理結構特點。」此特性使得漢語使用者在交際及溝通時，傾向於向內尋求意義，就是在有限而模糊的對話關係之中，向「個人內心」尋求解讀的模式。例如在溝通上各種含蓄婉轉的語用（動詞疊字、形容詞「一點兒」、副詞「一下」等）均表示一種非不得已不想為難別人的心理狀態。

　　(三)縮結人情的結構化：從漢語社會的集體性特徵開始發展而來，自古在層層分化的封建制度中卻仍要表現出家國的一體性而造成社會文化網絡的複雜，又在柔化交際的作用之下，漸漸發展成人際關係上的複雜，伴隨而來對應的是我們對於語義結構複雜化的需求，這種複雜關係和先前在第三章第一節所提過的「隱含意義」與「語義指向」有關，在修辭上表現為形式多樣的委婉修辭的存在（如用典、誇飾、雙關、諷諭、留白、藏詞……等），使得「言不盡意」成為一種可以追求的對話效果，甚至是「美的」。不只是文學或藝術上，就算是日常對話也是如此。語法結構和語義之間的複雜關係是在以「自謙」和「委婉」為基底的社會底下發展出的另一種格局，而在人際關係上及語法現象上均呈現出複雜樣貌。

(四)詩化升級搏造出文人圈：所謂「文人圈」的語言，自古就是象徵知識崇高的社會地位的語言，正是所謂詩化的語言。這種詩化的語言將漢語語法的靈活性發揮到最極致，以最精練而簡省的字句去表達最大的意念；同時許多詩人或文人也為了韻律及意念上的不同內涵，而採用語序更換、詞類轉品等方式，這些靈活性的手法不但不影響我們對這些言語作品的美感與態度，反而更讓我們推崇漢語社會文化的特性在語法上的體現。林秀君（2006：86-87）曾提出「詩性的智能」在於「語言的提煉加工」及「語言的變形剪輯」兩種手段及「詞的變性活用」、「詞語的異常搭配」、「語法鍵詞的省略」、「詞序的移位」等四種層面。到今天的漢語社會中，這種詩化的語言已經不再只限於文人使用，它達成一種新的交際效果，讓對話的格調提升、或是讓對話的內容更引人入勝……等等，可說是以精練語言型態加強說話效率的一種方式。

在漢語語法靈活性的文化功能方面，邢福義（2000：303-304）認為「語言觀是精神文化的一部分，是文化觀念在語言問題上的具體體現。作為精神文化的語言觀，必然要受到其他文化部門的影響，語言觀的形成都可以從文化的角度得到解釋，具有豐富的文化內涵。」從文化的「規範系統」上溯到「觀念系統」甚至是「終極信仰」，來探討漢語語法靈活性的文化性成因及其在文化上的體現，具有四個特徵：

(一)氣化觀的羅致寄寓：氣化觀是漢語言社會的世界觀，周慶華（2007:185）提到「它的相關知識的建構，根源於建構者相信宇宙萬物為自然氣化而成，如中國傳統儒道義理的構設和衍化（儒家／儒教注重在集體秩序的經營；道家／道教注重在個體生命的安

頓，彼此略有『進路』上的差別）正是如此。」隨著漫長的語言及文化發展，「氣」這個詞慢慢地衍生出更多的涵義，大抵上有兩條線索：「一是從雲氣引申為凡氣之屬，再生發為自然物質始基，上升為哲學概念；二是從呼吸引申為氣血觀，生發出氣質論，上升為人的精神稟賦。」而從氣化觀延伸而來的「文氣」觀念，便深深影響漢語使用者對語言的使用認知。漢語使用者對「文氣」連貫的思考，並不以形式作為語義通順的唯一手段，而是把「氣」當作語義和形式連接的手段。

(二)圖像思維的具體展現：漢字具有氣化觀型文化的特質，以從自然界接收到的視覺以及反應在心裡的心理感知作為基礎的樣貌，而呈現出漢字強烈的表義特性。從閱讀理解的角度來看，學習漢語的人幾乎認得了字就能夠閱讀，這是由於漢字的形式與意義具有很大的關連性，「漢語語句構造是依賴語義勾連起來的。我們只要從掌握漢字的字形入手，了解了一個個漢字的音也就懂得一個個漢字的義，同時從這些串聯成句的字義中又可領會出句義、文義。」（林華東，1995b：22-24）此外，漢字的「塊狀整體認知」也支持了漢語語法的意合的整體認知，更明確的說，漢字不只是「支持」漢語語法意合的整體認知，更是「強制」漢語語法必得走上意合性的道路，漢語語法的意合特性可說是漢字的表義性和意合性的外延。

(三)彈性諧美的真實演出：「彈性諧美」是承襲前兩項「氣化觀型」的文化以及「圖像思維」的語言使用而來。漢語社會重視意象美、和諧美、境界美，而由境界而生的韻律，也是漢語使用者所重視的，這種諧美的觀念體現在漢語語法「意象上的境界美」以及

「漢語語法靈活的節奏性」中。在「意象上的境界美」方面,「詩性的智能」及「文氣」的觀念使得漢語對於具象畫面或是心理畫面的描述具有極強的功能性,因此漢語對於呈現視覺是很方便的。在「漢語語法靈活的節奏性」方面,鄧曉明(2004:36-39)曾針對漢語詞音節提出「音偶」傾向及意義上的「意偶」傾向;林華東(1995b:23)認為「漢字的表義性使得現代漢語雙音節詞在表達中既可選擇單字(單音節)形式也可選擇複字(雙音節)形式,從而有效地調節了語言的節奏,使句子的結構勻稱、音節配合和諧。」

(四)規範出位的見證:氣化觀、圖像思維和彈性諧美等思維與傾向使得漢語使用者說話行文時一切以意義、「氣流」和整體性為考量,形式只是去輔助意義產生的工具,而且漢語的模糊性、具體性及其容量的廣泛性、彈性意合的風采,也支持著漢語使用者意合的思維傾向,本身就蘊涵著相當濃厚的自由靈動氣息,尤其漢語語法中的各個成分可以隨意拆合而沒有硬性的規律,以適應各種形式上、音律上、修辭上的變化,表現出簡約的特性。因此漢語在語義及形式上具有多重的複雜結構關係,意合性和靈活性的搭配使得漢語語法在靈活的特質下能夠產生無限的語句和無限的意念,而這些規範出位的證據,衝撞了我們對「正確」的認知;但卻迫使我們進入「意合」的思維,去看待這些語句,體悟它們所帶來的新義,也為漢語語法的靈活性證實了其文化上美妙的功能性。

漢語語法靈活性的研究成果對於一些和語言有關的情境或機制有積極的幫助:對於語言學研究來說,文化語言學作為目前漢語語言學領域中最新興的學科,它不只強調人文性的視野,它也同時

注重舊方法及舊學科的肯定與合作。文化語言學的觀點和研究，使人們看見不同語言間的「共性」，也更加確立不同語言間的「個性」。研究差異的目的不只是為了製造「差異」，更是對自己所處的語言環境與文化環境的「內省」。文化語言學的視野不僅在對目前現況作研究及自省，而在某種程度上也為了掌握社會發展、了解文化與了解未來作了貢獻。如楊啟光（1999:9-16）所說的「中國文化語言學是當代中國學術的一種新範型，它的初創成功對於中國現代語言學是一場涉及本體論和方法論的科學革命。」

對於語文教學的落實強化來說，以靈活性的思維來思考及學習漢語的話，教師會以更宏觀的角度去對待所謂「對的句子」與所謂「不對的句子」，而學生也會以更包容的心態去學會「課本教的句子怎麼跟生活中使用的不一樣」這件事情，並且嘗試在不同時機靈活變換不同的句型，以達到不同的溝通效果。此外，由於漢語語法靈活性的內涵是漢語使用者的文化思維所致，因此在語文教學課堂上，「文化」和「語言」也應該互相結合、相輔相成，將文化性的思維置入語言教學中，可以幫助學生更有效率地建立起漢語的語感。邢志群（2009）曾建議在漢語教學中分初級、中級、高級三個階段教授文化內容，這種分級訂定指標的方式，其實就與九年一貫課程綱要中的分段能力指標的觀念類似。如此一來，使文化和語言直接在語言教學的領域中互相產生連結，不僅使文化中的語文教學更有意義，也使得在語言中進行的文化教學更為便利；並且在語文教學中「教」與「行」之間更能取得同一性，也會促使語言學習及語言使用更有效率。

　　對於語文創作來說，漢語語法的靈活性是創作者產生意象的思維、也是創作者描述意象所使用的工具，在創作的三段歷程「表象──意象──描述意象」中，漢語中靈活多變的語法及修辭系統等，為國語文創作提供了極豐富的創作手法。此外，漢語語法的靈活性也為讀者打開了一扇窗口，使讀者跳脫只從作品的形式結構上尋求美感的解讀模式，而更深入地從文化性的感知上去追求語文的美感。

　　然而，漢語語法的靈活性並不只應用在此三方面，應該說凡是和語言有關的，不論是語言或是類語言，漢語語法靈活性都提供了有利的線索使人們去思考背後的文化本質。

第二節　未來研究的展望

最後，讓我們回到第一章最初的句子：

(88) a. 令人心服是吾師。

　→b. 令人心服（者）是吾師。

　　我已經在第一章說明(88a)這個句子應該還原回(88b)這個句子，最初我們只知道「令人心服」這四個字所指的並不是「令人心服」這件事，而是「令人心服的人」，但當時我還在思考，為何不乾脆直接就說「令人心服者」反而只說「令人心服」？

　　但在本研究接近尾聲的此時，已經可以用研究內容來詮釋這個句子。對漢語社會這樣一個集體性為主的社會文化來說，不指名道姓、不直接指稱人及對象是一種委婉的禮節，就算說話者心中不含有「禮貌」的態度，他仍會在口頭上留個分寸，不直接把話說破。這就是我們經常說的「見面三分情」！

　　所以雖然說話者心中真正想說的是「你不是我的老師」，但嘴上會說「令人心服的人才是我的老師」，甚至不指涉人，而更委婉地說「『令人心服口服』這件事情，是我所嚮往的。」而要再進一步往上探求，更可以說是「強調親疏遠近」的社會規範以及氣化觀型底下重人倫、崇自然的世界觀使然。

　　本論述期使對漢語社會中的語法現象有所詮釋，在性質上屬於理論建構，但是未來可以努力的方向是將這些理論建構的內容予以量化的實徵驗證。不過未來就算有足夠的工具可以對此內容進行實徵驗證，我仍然認為對文化語言學來說，量化或科學的研究只是一種手段，而真正論述的價值在於「解讀」（或稱詮釋），因此就算使用實徵驗證的方法仍然不可以將文化語言學中「解讀」的本質和功能抹滅。

　　在進行研究的過程中，我也發現目前語言教學中將「語法」與「修辭」視為兩不同調的系統，大致上是將修辭納入「文學」範疇而將語法納入「語言學」的範疇，但是以漢語語法的靈活性來說，修辭應該是漢語語法靈活性的一種體現，因此二者實際上應該有相同的淵源。更明確的說，我認為漢語中的「修辭」其實就是漢語語法的語法觀。這個想法也可以從本論述獲得延伸，具有研究的價值。

　　還有一個部分，也是未來研究可以努力的──「語感教學」。對於語感的教學目前既沒有一個明確的定義，更沒有明確的教學系統，但學習語言的人都知道，「語感」幾乎是學習一個語言精通與否的關鍵，而這個研究對象應該從社會文化方面開始著手。本論述所呈現出來的漢語語法靈活性，本質上就是漢語使用者的語言通觀，背後蘊藏著社會文化的潛移默化，這對漢語這個語言來說，正是一種語感的表現，倘若本論述能對此議題有所啟發，也算值得。

　　另外，我要說明一個現象，漢語語法從白話文運動至今發展的相當迅速，同時也因為全球化的關係，使得各國語言間相互影響。對漢語來說，目前正在悄悄地變遷，比方說漢語在白話文運動以後對「的」的強調、或是英語中現在也接受「Long time no see.」這樣的說法，這一來一往的交流都促使語言結構發生改變，但這些現象目前以歷時的角度看來還過於短暫，如果當這些零碎的語言現象開始影響到語法結構本身的時候，也是值得研究的對象，並且可以社會語言學及文化語言學的研究方法著手進行。

　　漢語語法的研究由來已久，不論從以結構語言學為主的現代語言學研究，或是以人文性及社會性為後設的社會語言學或文化語言學，都是對漢語語法各現象的解讀。在本論述中，漢語語法的靈活性最初步促使人們注意到「形式上的靈活性」，再者我們注意到其體現了漢民族的靈活交際思維。不只如此，最後從中體現出來的是整個漢民族對整個世界觀、宇宙觀的靈活對待。而在未來，這樣的「靈活性」還會為漢語語法、漢語研究甚至整個漢語帶來什麼樣的影響或變異，是很值得期待的。

參考文獻

Aristotle 著、S.H.Butcher 譯（1982），《Aristotle's Poetics》，臺北：書林。

Aristotle 著、陳中梅譯（2001），《詩學》，臺北：商務。

Charles N. Li & Sandra A. Thompson 著、黃宣範譯（2005），《漢語語法》，臺北：文鶴。

Joshua A. Fishman 著、黃希敏譯（1991），《語言社會學》，臺北：巨流。

刁世蘭（2008），〈現代漢語的語序及相關問題〉，載於《合肥學院學報》25:5（77-79）。

尹群（2003），〈論漢語委婉語的時代變異〉，載於《修辭學習》116（5-8）。

仇鑫奕（1996），〈再說漢語語法學形成較晚的原因〉，載於《漢語學習》96（25-27）。

仇鑫奕（2001），〈語義期待的產生條件及其作用〉，載於《牡丹江師範學院學報》2001:3（48-51）。

孔穎達（1982），《禮記正義》，十三經注疏本，臺北：藝文。

毛海瑩（2008），〈民俗文化與對外漢語教學〉，載於《語文學刊》2008:10（90-92）。

王力（2006），〈淺談觀念文化對漢語語法的影響〉，載於《內蒙古電大學刊》88（55）。

王虹、王錦程（2003），〈從漢譯英的贅冗和疏漏問題看漢英語法特徵之差異——漢語語法的柔性之於英語語法的剛性〉，載於《華北航天工業學院學報》13:2（46-49）。

王文征、王彥昌（2008），〈論漢語詞彙的文化內涵〉，載於《文教資料》2008:5（33-34）。

王安石（1988），《王安石詩選》（周錫選注），臺北：遠流。

王秀如（1997），《由句法角色、語用功能、及社會限制來看插話造成的發語輪換現象》，國立政治大學語言研究所碩士論文。

王秀玲、連勇（2003），〈「文史哲融通」──淺談漢語研究的三維視角〉，《語文學刊》2003:2（46-49）。

王金芳（2003），〈試論古漢語詞義引申中的文化意蘊〉，載於《江漢論壇》2003:2（118-120）。

王春輝（2008），〈漢語回謝語類型與使用的社會語言學考察〉，載於《語言教學與研究》2008:4（88-95）。

王洪君（2006），〈從本族人語感看漢語的「詞」──評王立《漢語詞的社會語言學研究》〉，載於《語言科學》5:5（107-110）。

王振華(2001)，〈漢語的靈活度〉，載於《洛陽師範學院學報》2001:3（64-66）。

王德壽（1998），〈漢語語法特點研究述評〉，載於《廣播電視大學學報》1998:4（54-57）。

史燦方（1995），〈漢語修辭美的文化思考〉，載於《江蘇廣播電視大學學報》13（39-44）。

田意民、曾志朗、洪蘭（2002），〈漢語分類詞的語義與認知基礎：功能語法觀點〉，載於《語言暨語言學》3:1（101-132）。

申小龍(1986)，〈語言研究的文化學方法〉，載於《語文導報》1986(9-10)。

申小龍（1991），〈語言：人文科學統一的基礎與紐帶〉，載於《漢語學習》1991:5（29-30）。

申小龍（1993），《語文的闡釋》，臺北：洪葉。

申小龍(1994)，〈中國語言文字之文化通觀〉，載於《天津社會科學》1994:2（75-82）。

申小龍（1995），《當代中國語法學》，廣州：廣東教育。

申小龍（1998），《走向新世紀的語言學》，臺北：萬卷樓。

申小龍（1999），〈漢語語法學的文化認同與形神關係〉，載於《平頂山師專學報》14:3（1-6）。

申小龍（2000a），《語言與文化的現代思考》，鄭州：河南人民。

申小龍（2000b），〈漢語語法的「虛」與「實」〉，載於《阜陽師範學院學報》2000:2（3-7）。

申小龍（2001），《漢語語法學──一種文化的結構分析》，南京：江蘇教育。

申小龍（2002），〈論漢語句型的功能分析〉，載於《孝感學院學報》22:1（19-24）。

申小龍（2003），〈論漢字的文化定義〉，載於《漢字文化》2003:2（9-15）。

申小龍（2004），〈中國文化語言學範疇系統析論〉，載於《杭州師範學院學報》2004:3（63-69）。

申小龍（2005），〈語言的人文功能語索緒爾的語言學自律〉，載於《北方論叢》189（8-15）。

白先勇（2004），《臺北人》，臺北：爾雅。

石毓智（1993），〈漢語形容詞的有標記和無標記現象〉，載於《中國語文》6（401-409）。

石毓智、李訥（2001），《漢語語法化的歷程──形態句法發展的動因和機制》，北京：北京大學。

石毓智（2004），〈論社會平均值對語法的影響──漢語「有」的程度表達式產生的原因〉於《語言科學》3:6（16-26）。

任學良（1987），〈漢語句法結構和邏輯結構的一致性──漢語詞序的內在規律研究〉，載於《中國語文研究》9（29-36）。

向明友、黃立鶴（2007），〈漢語語法化研究──從實詞虛化到語法化理論〉，載於《漢語語法化研究》2008:5（78-87）。

安華林（2008），〈論現代漢語語法的特點〉，載於《信陽師範學院學報》28:4（96-102）。

朱琦、卜浩宇（2008），〈舊詞、新詞、外來詞──從漢語詞滙的發展變化看語言和社會的「共變」關係〉，載於《蘇州教育學院學報》25:2（73-75）。

何三本、王玲玲（1995），《現代語義學》，臺北：三民。

吳士艮（2002），〈漢語詞的文化義與文化個性〉，載於《浙江樹仁大學學報》2:1（46-51）。

呂叔湘（1980），〈現代漢語語法要點〉，載於《現代漢語八百詞》（7-45），北京：商務。

呂叔湘（1999a），《現代漢語八百詞》，北京：商務。

呂叔湘（1999b），《語法研究入門》，北京：商務。

呂叔湘（2002a），《呂叔湘全集第一卷》，瀋陽：遼寧教育。

呂叔湘（2002b），《呂叔湘全集第二卷》，瀋陽：遼寧教育。

呂叔湘（2002c），《呂叔湘全集第三卷》，瀋陽：遼寧教育。

呂叔湘（2002d），〈漢語句法的靈活性〉，載於《呂叔湘全集第三卷》（458-472），瀋陽：遼寧教育。

呂叔湘（2002e），《呂叔湘全集第四卷》，瀋陽：遼寧教育。

呂香云（1985），《現代漢語語法學方法》，北京：書目文獻。

宋宣（2004），《結構主義語言學思想發微》，成都：巴蜀。

宋文輝(1998)，〈漢字與漢語之關係再說〉，載於《漢字文化》1998:1(36-40)。

李櫻(2000)，〈漢語研究中的語用面向〉，載於《漢學研究》18:特（323-356）。

李文華（2007），〈漢語中「氣」的隱喻〉，載於《山西煤炭管理幹部學院學報》2007:1（98、101）。

李生信（2008），〈《莊子》中的「氣」及「氣化詞」的文化本源〉，載於《寧夏社會科學》2008:6（188-190）。

李向農（1997），〈走向成熟的漢語語法研究〉，載於《語文教學與研究》1997:7（28-29）。

李其曙（1998），〈漢語和英語表達差異的社會語言學分析〉，載於《雲南民族學院學報》1998:2（81-84）。

李厚業（2004），〈英漢語用功能對比與研究〉，載於《哈爾濱學院學報》25:12（125-127）。

李魯平（2008），〈漢語語言認知的嬗變〉，載於《齊魯學刊》204（132-135）。

李曉琪（2006），《對外漢語文化教學研究》，北京：商務：。

杜甫（1966），《杜工部詩集》，臺北：臺灣中華。

沈家煊（2009），〈我看漢語的詞類〉，載於《語言科學》2009：1（1-12）。

沈開木（1992），〈語法、語義、語用的聯繫〉，載於《語法研究和探索》6（11）。

肖華、仇鑫奕（2007），〈模糊語言及其語用功能〉，載於《銅仁學院學報》1:5（63-67）。

肖志清（2008），〈英漢句子主語的比較和確定〉，載於《武漢工程職業技術學院學報》20:3（44-47, 59）。

邢志群（2005），〈高年級漢語篇章連貫教學法〉，載於馮勝利、胡文澤主編，《對外漢語書面書教學與研究的最新發展》，北京：語言大學。

邢志群（2007），〈對外漢語教師培訓：篇章教學〉，載於崔希亮主編，《漢語教學：海內外還內外的互動與互補》，北京：商務。

邢志群（2009），〈試論漢語語言、文化的教學體系〉，載於《全美中文教師學報》，未發行。

邢福義（2000），《文化語言學》，武漢：湖北教育。

阮玉慧（2002），〈從英漢語的發展看語言與社會的關係〉，載於《安徽工業大學學報》19:1（88-90）。

周立志、白聰（2009），〈論古今漢語詞類活用的不同本質〉，載於《語言研究》2009：2（37-42）。

周立群（2001），〈試論漢語文教育民族性的凸顯〉，載於《湛江師範學院學報》22:1（109-114）。

周國輝、皇甫偉（2008），〈句法──語義非一致性的認知理據和語用闡釋〉，載於《煙臺大學學報》21:4（114-118）。

周慶華（1997），《語言文化學》，臺北：生智。

周慶華（2004a），《語文研究法》，臺北：洪葉。

周慶華（2004b），《創造性寫作教學》，臺北：萬卷樓。

周慶華（2006），《語用符號學》，臺北：唐山。

周慶華（2007），《語文教學方法》，臺北：里仁。

孟琮、鄭懷德、孟慶海、蔡文蘭（1999），《漢語動詞用法詞典》，北京：商務。

孟樊（1998），《當代臺灣新詩理論》，臺北：揚智。

季麗莉（2007），〈從「氣」的語義場探析漢字研究生態觀〉，《山東理工大學學報》23:4（5-8）。

岳方遂（1999），〈語法研究百年之歷史嬗變〉，載於《安徽大學學報》23:1（100-104）。

林秀君（2006），〈近體詩句式結構的彈性美感──兼論漢語民族特性〉，載於《語文學刊》2006:7（86-88）。

林亞軍（2008），〈漢語動詞的語義句法特徵與雙賓語結構〉，載於《外語學刊》142（89-92）。

林淑慧（2002），《現代漢語口語交際語法之初探》，臺灣師範大學華語文教學研究所碩士論文。

林華東（1995a），〈漢字的表義性與漢語語法的彈性特徵〉，載於《中國語文通訊》34（50-53）。

林華東（1995b），〈漢字與漢語語法的關係〉，載於《漢字文化》1995:4（22-24）。

邵敬敏（2000），《漢語語法的立體研究》，北京：商務。

金海瀾（1994），〈漢語漢字文化的深入探討──第三屆全國文化語言學研討會述評〉，載於《漢字文化》1994:4（26-30），。

南一書局股份有限公司（2006），《國小國語第十一冊》，臺南：南一。

姜聲調、吳海燕（2008），〈從廣義的語法角度看對外漢語教材之錯誤〉，載於《社會科學評論》2008:3（25-32）。

段玉裁（1979），《說文解字注》，臺北：藝文。

胡適（1988），《中國哲學思想論集》，臺北：水牛。

胡壯麟、朱永生、張德祿、李战子（2005），《系統功能語言學概論》，北京：北京大學。

范曉（1996），《三個平面的語法觀》，北京：北京語言學院。

范曉、李熙宗（1998），《語言研究的新思路》，上海：上海教育。

范慶芬（2008），〈漢語人名的社會語言學內涵〉，載於《科技信息》2008:3（132, 136）。

英力（1999），〈英漢語詞滙文化內涵的對比研析〉，載於《松遼學刊》1999:6（63-64）。

孫潤（2004），〈論成語的氣、象、神圓融的文化模型〉，《雲南師範大學學報》2:4（23-27）。

孫良明（1994），《古代漢語語法變化研究》，北京：語文。

馬愛德（1995），〈「中國文化語言學」運動和漢語的本質：中國國情的新表現？〉，載於《北方論叢》132（91-102）。

馬愛德（1999），〈跨文化學術傳統：漢語語法的中、英文描寫〉，載於《漢語語法的中、英文描寫》1999:1（24-29）。

馬愛德、曾立誠（2000），〈語言的文化視角與社會符號功能：申小龍的語法理論在系統功能理論框架的解釋〉，載於《華東師範高等專科學校學報》2000:1（25-34）。

馬慶株（2007），《漢語動詞和動詞性結構‧二編》，北京：北京大學。

馬樹華（2001），〈論漢語的文化意蘊〉，載於《廣西右江民族師專學報》14（4-5）。

徐杰（2001），《普遍語法原則與漢語語法現象》，北京：北京大學。

徐小婷、張威（2008），〈漢語借形詞的歷時發展與社會文化功用〉，載於《寧夏大學學報》30:1（11-13, 17）。

徐啟庭（1997），《古今漢語語法異同》，高雄：調和。

袁嘉（2001），〈漢語交際文化與對外漢與語法教學〉，載於《西南民族學院學報》22:7（215-221）。

袁嘉（2007），〈漢語虛詞研究及其應用〉，載於《西南民族大學學報》187（226-228）。

祝振華（1986），《語意學精華》，臺北：黎明。

索振羽（2000），《語用學教程》，北京：北京大學。

馮杰（1999），〈漢語語法中的文化積澱〉，載於《自貢師範高等專科學校學報》50（40-41）。

馮志偉（1999），《現代語言學流派》，西安：陝西人民。

馮智強（2008），〈英漢語法本質異同的哲學思考〉，載於《雲南師範大學學報》6:1（65-69）。

張斌、范開泰、張亞軍（2000），《現代漢語語法分析》，上海：華東師大。

張晴（2007），〈過去十年間漢語消亡名詞的社會語言學分析〉，載於《文教資料》2007:7（98-100）。

張榕（1995a），〈漢語研究的全新視野──中國文化語言學簡介〉，載於《江西教育學院學報》61（17-24）。

張榕（1995b），〈漢語研究的全新視野（下）──中國文化語言學簡介〉，載於《江西教育學院學報》63（12-18, 74）。

張伯江、方梅（1996），《漢語功能語法研究》，南昌：江西教育。

張建民（2008），〈漢字構形的類化和漢語語法的思維〉，載於《中國民族學類核心期刊》2008:1（131-135, 141）。

張春秀、李長春（2007），〈20世紀90年代以來現代漢語虛詞研究綜述〉，載於《齊齊哈爾師範高等專科學校學報》99（36-39）。

張春芳（2008），〈從英漢句子結構差異論英語關係分句的漢譯〉，載於《洛陽師範學院學報》2008:3（137-140）。

張淑賢（1997），〈論對外漢與教學與文化滲透〉，載於《淄博師專學報》1997:2（80-82）。

曹曉宏（2007），〈引氣貴齊義脈融貫──漢語話語組織論之一〉，載於《楚雄師範學院學報》22:1（37-42, 45）。

梁豔（2002），〈試析漢語語法學產生遲緩的原因〉，載於《廣西社會科學》87（193-195）。

梁志剛（2003），〈從英語漢語的變化看語言演化的社會文化背景〉，載於《山東師範大學外國語學院學報》17（85-88）。

郭熙（2006），〈語境研究與社會語言學——讀王建華等新著《現代漢語語境研究》〉，載於《漢語學習》5（77-80）。

郭莉萍（2000），〈說「氣」〉，載於《牡丹江師範學院學報》2000:4（110-112）。

郭富強（2005），〈中西方語言哲學對比分析及其啟示〉，載於《白城師範學院學報》19:1（72～77）。

郭繼懋、鄭天剛（2002），《似同實異——漢語近義表達方式的認知語用分析》，北京：中國社會科學。

陳原（2001a），《語言與社會生活：社會語言學》，臺北：商務。

陳原（2001b），《語言與語言學論叢》，臺北：商務。

陳永莉（2008），〈動詞與相關句法成分的語序原則：結果成分居後〉，載於《湖南文理學院學報》33:4（109-112）。

陳利麗（2006），〈漢語虛詞研究述評〉，載於《宿州教育學院學報》9:6（99-102）。

陳昌來（2002a），《二十世紀的漢語語法學》，太原：書海。

陳昌來（2002b），《現代漢語動詞的句法語義屬性研究》，上海：學林。

陳榮歆、葉燕妮（2000），〈英、漢語研文化中的禮貌套語〉，載於《韓山師範學院學報》1（70-74）。

陳薇宇（2004），《以交際為本之華語文教學研究》，國立臺灣師範大學華語文教學研究所碩士論文。

陸丙甫（1998），〈從語義、語用看語法形式的實質〉，載於《中國語文》266（253-356）。

陸儉明、沈陽（2004），《漢語和漢語研究十五講》，北京：北京大學。

景永恆（1999），〈漢語教學中的文化導入現象爭議〉，載於《新疆師範大學學報》20:2（44-48）。

曾金金（2005），〈由平衡語料庫和中介語語料看漢語被字句表述的文化意蘊〉，載於《漢語語言與計算學報》15:2（89-101）。

湯廷池（1979），《國語變形語法研究第一集移位變形》，臺北：學生。

湯廷池（1988），《漢語詞法句法論集》，臺北：學生。

湯廷池（1989），《漢語詞法句法續集》，臺北：學生。

湯廷池（1996），《國語語法研究論集》，臺北：學生。

湯廷池（2000a），《漢語語法論集》，臺北：金字塔。

湯廷池（2000b），〈漢語的情態副詞：語意內涵與句法功能〉，載於《中央研究院歷史語言研究所集刊》71:1（199-219）。

湯志祥（2003），〈漢語詞滙的「借用」和「移用」及其深層社會意義〉，載於《語言教學與研究》2003:5（44-51）。

程祥徽、田小琳（1989），《現代漢語》，香港：三聯。

黃永紅、岳立靜（1996），〈漢語語法特點與民族文化關係的幾點思考〉，載於《民俗研究》39（70-73）。

黃宣範（1999），《語言學新引》，臺北：文鶴。

楊柳、程南昌（2008），〈外國人學習漢語語法偏誤分析研究綜述〉，載於《現代語文》2008:7（125-128）。

楊喚（1985），《楊喚全集》（歸人編），臺北：洪範。

楊冬梅（2008），〈現代漢語詞類活用的語法思考〉，載於《語文學刊》2008:5（102-104）。

楊海明（1998），〈漢語語法的發展與規範——現代白話文演變考察〉，載於《重慶教育學院學報》1998:1（28-32）。

楊海明（2006），《漢語語法的動態研究》，北京：北京大學。

楊啟光（1994），〈神攝人治：漢語語法的真諦所在〉，載於《暨南學報》16:1（74, 130-138）。

楊啟光（1995），〈認同中華文化：中國文化語言學方法論之本——兼論漢語十種人文主義研究法的理論根據和實踐意義〉，載於《廣州師院學報》1995:3（19, 44-55）。

楊啟光（1996），〈漢語語法之文化學教學的理論探索與課堂實踐〉，載於《暨南學報》18（33-39）。

楊啟光（1999），〈中國文化語言學是對中國現代語言學的揚棄──以漢語語法研究為例〉，載於《暨南學報》21:3（9-16）。

楊啟光（2002），〈銳意改革而又傍人藩籬的《中國文法論》──漢語語法學名著評析之一〉，載於《暨南學報》24:5（92-99）。

楊曉紅（2007），〈論漢語中的「正反詞」及其文化內涵〉，載於《鄭州航空工業管理學院學報》26:6（90-91）。

萬海燕（2001），〈試論漢文化與漢語言的相互關係──兼談中國文化語言學的意義與價值〉，載於《江西廣播電視大學學報》2001:4（44-46）。

葉蜚聲、徐通鏘（1997），《語言學綱要》，北京：北京大學。

葛本儀（2002），《語言學概論》，臺北：五南。

賈紅霞（2004），〈漢語語法焦點問題的討論〉，載於《北京廣播電視大學學報》2004:1（16-18）。

靳琰、袁隴珍（2006），〈淺議漢語性別語言差異成因〉，載於《甘肅農業》2006:5（263）。

趙垚（2009），〈掌握詞類活用規律，提高文言閱讀能力〉，載於《時代教育》2009：2（177）。

趙倩（2003），〈試析「氣」的詞義及其哲學內涵和文化延伸〉，載於《四川師範學院學報》2（63-66）。

趙永新（1997），《漢外語言文化對比與對外漢語教學》，北京：北京語言文化大學。

趙蓉暉（2004），《普通語言學》，上海：上海外語。

劉順（2003），〈現代漢語句法成分的移位分析〉，載於《綏化師專學報》23:1（81-82）。

劉月華、潘文娛、故韡（2001），《實用現代漢語語法》，北京：商務。

潘文國（1995），〈從一滴水看大潮──讀 10 年來《漢語學習》上有關語言與文化研究的論文〉，載於《漢語學習》89（35-40）。

滕延江（2007），〈現代漢語話題化移位的認知理據〉，載於《魯東大學學報》24:3（90-94）。

蔣紹愚、曹廣順（2005），《近代漢語語法史研究綜述》，北京：商務。

蔡振念（2002），《杜詩唐宋接受史》，臺北，五南。

蔡曙山（2007），《語言、邏輯與認知──語言邏輯和語言哲學論集》，北京：清華大學。

鄧曉明（2004），〈漢語的特徵與漢語的修辭方式〉，載於《楚雄師範學院學報》19:1（36-39）。

盧國屏（2001），《文化密碼──語言解碼》，臺北：學生。

盧國屏（2002），《與世界接軌──漢語文化學》，臺北：學生。

蕭國政（1999），〈文化對語法的影響〉，載於《黃岡師專學報》19:2（56-60, 68）。

蕭國政（2001），《漢語語法研究論》，武漢：華中師大。

蕭國政、吳振國（1984），〈漢語語法特點和漢民族心態〉，載於《華中師範大學學報》1984:4（30-32）。

衡孝軍（2003），〈從社會符號學翻譯法看漢語成語英譯過程中的功能對等〉，載於《西安外國語學院學報》11:2（75-77）。

儲澤祥（1996），〈論語法規範的彈性〉，載於《湖南師範大學社會科學學報》25:4（110-113）。

戴昭銘（1996），《文化語言學導論》，北京：語文。

戴煒棟（2004），《功能語言學導論》，上海：上海外語。

戴維揚、梁耀南（2006），《語言與文化》，臺北：文鶴。

薛鳳生（1998），〈試論漢語句式特色與語法分析〉，載於《古漢語研究》41（67-74）。

謝國平（1986），《語言學概論》，臺北：三民。

鍾嶸（1988），《詩品》，增訂漢魏叢書本，臺北：大化。

韓寶育（2004），《語義的分析與認知》，北京：中央編譯。

譚汝為（2000），〈論漢語與民俗文化的關係〉，載於《天津師大學報》2000:6（73-77）。

嚴辰松、高航（2005），《語用學》，上海：上海外語。

蘇文霖（2002），《探討社會心理因素對華語學習者之影響》，臺灣師範大學華語文教學研究所碩士論文。

國家圖書館出版品預行編目

漢語語法的社會與文化功能：以漢語語法的靈活性
為切入點 / 潘善池著. -- 一版. -- 臺北市：秀威
資訊科技，2010.01
　　面；　公分. -- (東大學術；14 語文文學類
; AG0119)
BOD 版
參考書目：面
ISBN 978-986-221-319-3 (平裝)

1.漢語語法

802.6　　　　　　　　　　　　98019120

語言文學類　AG0119

東大學術⑭

漢語語法的社會與文化功能
——以漢語語法的靈活性為切入點

作　　者 / 潘善池
發 行 人 / 宋政坤
執行編輯 / 林世玲
圖文排版 / 黃莉珊
封面設計 / 陳佩蓉
數位轉譯 / 徐真玉　沈裕閔
圖書銷售 / 林怡君
法律顧問 / 毛國樑　律師
出版印製 / 秀威資訊科技股份有限公司
　　　　　　台北市內湖區瑞光路 583 巷 25 號 1 樓
　　　　　　電話：02-2657-9211　　　傳真：02-2657-9106
　　　　　　E-mail：service@showwe.com.tw
經 銷 商 / 紅螞蟻圖書有限公司
　　　　　　台北市內湖區舊宗路二段 121 巷 28、32 號 4 樓
　　　　　　電話：02-2795-3656　　　傳真：02-2795-4100
　　　　　　http://www.e-redant.com

2010 年 1 月 BOD 一版
2010 年 3 月 BOD 二版
定價：240 元

讀 者 回 函 卡

感謝您購買本書，為提升服務品質，煩請填寫以下問卷，收到您的寶貴意見後，我們會仔細收藏記錄並回贈紀念品，謝謝！

1.您購買的書名：_____

2.您從何得知本書的消息？

　　□網路書店　　□部落格　　□資料庫搜尋　　□書訊　　□電子報　　□書店

　　□平面媒體　　□ 朋友推薦　　□網站推薦　□其他_____

3.您對本書的評價：(請填代號　1.非常滿意 2.滿意 3.尚可 4.再改進)

　　封面設計____　　版面編排____　　內容____　　文/譯筆____　　價格____

4.讀完書後您覺得：

　　□很有收獲　　□有收獲　　□收獲不多　　□沒收獲

5.您會推薦本書給朋友嗎？

　　□會　　□不會，為什麼？_____

6.其他寶貴的意見：_____

_____

_____

_____

讀者基本資料

姓名：_____　年齡：_____　性別：□女　□男

聯絡電話：_____　E-mail：_____

地址：_____

學歷：□高中(含)以下　　□高中　　□專科學校　　□大學

　　　□研究所(含)以上 □其他_____

職業：□製造業 □金融業 □資訊業 □軍警 □傳播業 □自由業

　　　□服務業 □公務員 □教職　　□學生 □其他_____

(請沿線對摺寄回,謝謝!)

秀威與 BOD

BOD（Books On Demand）是數位出版的大趨勢，秀威資訊率先運用 POD 數位印刷設備來生產書籍，並提供作者全程數位出版服務，致使書籍產銷零庫存，知識傳承不絕版，目前已開闢以下書系：

一、BOD 學術著作—專業論述的閱讀延伸
二、BOD 個人著作—分享生命的心路歷程
三、BOD 旅遊著作—個人深度旅遊文學創作
四、BOD 大陸學者—大陸專業學者學術出版
五、POD 獨家經銷—數位產製的代發行書籍

BOD 秀威網路書店：www.showwe.com.tw
政府出版品網路書店：www.govbooks.com.tw

永不絕版的故事・自己寫・永不休止的音符・自己唱